镜迷宫

3

在我身上
你或许会看见
秋天

莎士比亚十四行诗的世界

包慧怡 著

华东师范大学出版社

·上海·

目录

50 骑马玄学诗（上）　　　　　　　　　491

51 骑马玄学诗（下）　　　　　　　　　499

52 衣橱玄学诗　　　　　　　　　　　　507

53 阿多尼斯玄学诗　　　　　　　　　　517

54 "真玫瑰和犬蔷薇" 博物诗　　　　　529

55 末日审判元诗　　　　　　　　　　　537

56 飨宴情诗　　　　　　　　　　　　　547

57 钟点情诗　　　　　　　　　　　　　557

58 等待情诗　　　　　　　　　　　　　567

59 古书元诗　　　　　　　　　　　　　575

60 海浪元诗　　　　　　　　　　　　　585

61 守夜情诗　　　　　　　　　　　　　595

62 自画像情诗　　　　　　　　　　　　605

63 墨迹元诗　　　　　　　　　　　　　615

64 变形玄学诗 *625*

65 无机物元诗 *635*

66 厌世情诗 *643*

67 "玫瑰的影子"博物诗 *653*

68 地图与假发博物诗 *661*

69 野草博物诗 *671*

70 "蛆虫与花苞"博物诗 *681*

71 丧钟情诗 *689*

72 谎言情诗 *697*

73 秋日情诗 *707*

74 祝圣情诗 *717*

75 饕餮情诗 *727*

76 "对手诗人"元诗 *739*

在令人困倦的旅途上，我满怀忧郁，
只因每天，我到了路程的终点，
宽松和休憩的时刻就传来细语：
"你离开你朋友，又加了几里路远！"

驮我的牲口，也驮着我的苦恼，
驮着我这份沉重，累了，走得慢，
好像这可怜虫凭着本能，竟知道
他主人爱慢，快了要离你更远：

有时候我火了，用靴刺踢他的腹部，
踢到他流血，也没能催他加快，
他只用一声悲哀的叫唤来答复，
这叫唤刺我，比靴刺踢他更厉害；

　　因为他这声叫唤提醒了我的心：
　　我的前面是忧愁，后面是欢欣。

How heavy do I journey on the way,
When what I seek, my weary travel's end,
Doth teach that ease and that repose to say,
'Thus far the miles are measured from thy friend!'

The beast that bears me, tired with my woe,
Plods dully on, to bear that weight in me,
As if by some instinct the wretch did know
His rider lov'd not speed, being made from thee:

The bloody spur cannot provoke him on,
That sometimes anger thrusts into his hide,
Which heavily he answers with a groan,
More sharp to me than spurring to his side;

    For that same groan doth put this in my mind,
    My grief lies onward, and my joy behind.

商籁第 50 首和第 51 首就如"离情内嵌诗"系列中的第 44 首与第 45 首、第 46 首与第 47 首一样，是一组双联诗。连接这两首诗的核心奇喻是诗人的坐骑。这匹骏马在商籁第 50 首中是在"忧郁"下负重的土元素之马，在第 51 首中则成了御风而行的气元素之马。

本诗描述的是诗人离开俊友之旅的启程部分。由于马车旅行对路况要求甚高，骑马仍是都铎时期英国最重要的中短途旅行方式，莎士比亚曾无数次往返于工作地点伦敦和家乡埃文河畔斯特拉福之间，有时取道牛津，有时取道艾尔斯伯里（Ayelsbury）和班伯里（Banbury）。但商籁第 50 首所描述的似乎是一场更远也更令人疲惫的长途旅行，而在旅途跋涉之苦外，诗人还要额外忍受与所爱天各一方之苦。"我"在第一节中抱怨道，一般人在旅途终点会喜悦于唾手可得的休息，但对"我"而言却不存在这样的 ease（安适）或者 repose（休憩），因为恰恰是在旅程终点处，"我"与俊友之间的距离隔得最远：

How heavy do I journey on the way,
When what I seek, my weary travel's end,
Doth teach that ease and that repose to say,
'Thus far the miles are measured from thy friend!'
在令人困倦的旅途上，我满怀忧郁，

只因每天，我到了路程的终点，

宽松和休憩的时刻就传来细语：

"你离开你朋友，又加了几里路远！"

　　此节以及全诗其余部分充满了"负重"的意象：heavy、bear、tired、weight、heavily 等，与之相应的还有对"缓慢"的表述：plod、dully、lov'd not speed。在同属"离情内嵌诗"的商籁第 44 首中，诗人明确指出，与俊友分离的自己是由两种沉重而缓慢的元素组成的，即水和土，最终它们混合而变作了诗人在离别中流下的眼泪："这两种缓慢的元素毫无所赐 / 除了沉重的眼泪，两者悲哀的印记。"奥维德在《变形记》十五卷中将"四元素说"归于毕达哥拉斯："在永恒的宇宙之中有四种元素。其中两种，土和水，因为有重量，所以沉落到下面；另外两种，气和比气还纯的火，因为没有重量，若再没有阻挡，便升到上面。这些元素虽然隔离很远，但是彼此相生相成。土若溶解，就会稀薄，变成水；再稀薄，便由水变成风、气。气已经是很稀薄，若再失去它的重量，便跃而为火，升到最高的地方。反之亦然，火若凝聚即成浊气，浊气变为水，水若紧缩，就化硬成土了。"[1]
而宏观宇宙（macrocosm）的构成与人体这一"微观宇宙"（microcosm）的构成之间存在着某种

"天人对应"，这是贯穿中世纪和文

1 奥维德、贺拉斯，《变形记·诗艺》，第 412 页。

2 参见 Alexander Roob, *Alchemy and Mysticism*, pp. 34–109, 428–91；亦可参见胡家峦，《历史的星空：文艺复兴时期英国诗歌与西方传统宇宙论》，第 163—184 页。

494

艺复兴宇宙论的观点。[2] 人体中肉身与土元素对应，血液与水元素对应，呼吸与气元素对应，体温与火元素对应；人类的双眼对应于宇宙中的日月，人的骨骼和指甲对应于宇宙中的石头。[1] 莎士比亚的同时代人无敌舰队之役的军事统领之一沃尔特·罗利（Walter Raleigh）在《世界史》中有更诗意的表述："人的血液沿着血管流遍全身，犹如河川流贯大地，人的气息如同开孔器，人的体温像大地内部的热量……我们的两只眼睛如同天上发光的日月，我们的青春之美如同春天的鲜花，它们转瞬之间就因太阳的热力而枯萎凋谢，或被阵阵的疾风从花茎上吹落。"[2] 但莎士比亚运用他的巧思，将人体中对应于土和水的两种"如此缓慢的元素"（elements so slow）混合成了"沉重的眼泪，两者悲哀的印记"（heavy tears, badges of either's woe, ll. 13–14, Sonnet 44）。类似地，在商籁第50首中，被迫与爱人别离的"我"的身体和心情一样滞重又缓慢。这种"拖泥带水"的特质仿佛传染给了胯下的坐骑，使得这匹本该飞驰的"野兽"即使屡屡被马刺袭击，也完全提不起速度，只是发出"沉重的呻吟"：

> The beast that bears me, tired with my woe,
> Plods dully on, to bear that weight in me,
> …
>
> 驮我的牲口，也驮着我的苦恼，

---

1 S. K. Heninger Jr., *Touches of Sweet Harmony*, p.191.

2 转引自胡家峦，《历史的星空》，第 166 页。

驮着我这份沉重，累了，走得慢，

……

The bloody spur cannot provoke him on,

That sometimes anger thrusts into his hide,

Which heavily he answers with a groan,

More sharp to me than spurring to his side

有时候我火了，用靴刺踢他的腹部，

踢到他流血，也没能催他加快，

他只用一声悲哀的叫唤来答复，

这叫唤刺我，比靴刺踢他更厉害

　　第二、第三节中频繁出现的一个主题是"忧郁"（woe,
wretch, groan）。由古希腊医学家希波克拉底提出、由盖伦发
扬光大的"四体液说"两千多年来一直主导西方医学界直至
16 世纪，其基础正是上述以毕达哥拉斯为代表的古希腊自
然哲学中的"四元素说"。希波克拉底观察到血液静置后会
分成红、白、黄、黑四种不同的色层，于是提出人体中存在
相对应的四种不同体液，即血液（blood）、黏液（phlegm）、
黄胆汁（yellow bile）和黑胆汁（black bile）。不同的人也就根
据体内何种体液占据最多而分为四种体质及性格的类型：多
血质（sanguine，激情澎湃）、黏液质（phlegmatic，迟钝

冷漠）、黄胆汁质（choleric，暴躁易怒）和黑胆汁质（melancholic，忧郁愁闷）。[1] 最后一种就是我们今天说的抑郁症体质了，表示忧郁体质的 melancholia 一词在其希腊语词源中本就意为"黑色的（melaina）胆汁（chole）"。后世将四体液对应于四种元素，黑胆汁与土元素对应，因而也在"沉重的"土元素与忧郁之间建立了某种对等。莎士比亚十四行诗系列中唯一一次直接出现 melancholia 的英语形式 melancholy 一词，是在商籁第 45 首中，"我这四元素的生命，只剩了两个，/ 就沉向死亡，因为被忧伤所压迫"（My life, being made of four, with two alone/Sinks down to death, oppress'd with melancholy, ll.7–8, Sonnet 45）。

如果我们把第 44 首、第 45 首这组元素双联诗与第 50 首、第 51 首这组骑马双联诗联系起来看，就能更清楚地看到莎翁如何悠游于宏观宇宙的四元素说和微观宇宙的四体液说之间，用生动的语言更新着古老的医学和玄学象征。被迫与爱人别离的诗人将自己描写成一个被土元素主宰的人，而他的坐骑也分享土元素的沉重和迟缓，人和马同样成了负重前行的"忧郁"的样本。在最后的对句中，诗人说马儿在马刺下的呻吟比不上它在"我"心中激起的忧思更残酷，这忧思便是，"我"走得越远就离"你"越远，"前路只有忧愁，欢乐全在身后"（For that same groan doth put this in my mind, /My grief lies onward, and my joy behind）。

---

1 Hippocrate, *Hippocratic Writings*, pp. 261–66.

阿尔布莱希特·丢勒版画《忧郁I》，1514 年

那么，背向着你的时候，由于爱，
我饶恕我这匹走得太慢的坐骑：
背向着你呀，为什么要走得飞快？
除非是回来，才须要马不停蹄。

那时啊，飞行也会觉得是爬行，
可怜的牲口，还能够得到饶恕？
他风驰电掣，我也要踢他加劲；
因为我坐着，感不到飞快的速度：

那时候，没马能跟我的渴望并进；
因此我无瑕的爱所造成的渴望
（不是死肉）将燃烧，奔驰，嘶鸣；
但是马爱我，我爱他，就对他原谅；

　　因为背向你，他曾经有意磨蹭，
　　面向你，我就自己跑，放他去步行。

Thus can my love excuse the slow offence
Of my dull bearer when from thee I speed:
From where thou art why should I haste me thence?
Till I return, of posting is no need.

O! what excuse will my poor beast then find,
When swift extremity can seem but slow?
Then should I spur, though mounted on the wind,
In winged speed no motion shall I know,

Then can no horse with my desire keep pace;
Therefore desire, of perfect'st love being made,
Shall neigh–no dull flesh–in his fiery race;
But love, for love, thus shall excuse my jade, –

    'Since from thee going, he went wilful-slow,
    Towards thee I'll run, and give him leave to go.'

商籁第 51 首是第 50 首的镜象诗，快与慢、欢乐和忧愁如在镜中，第 50 首中出现的作为"我"的坐骑的马的意象也在这首续诗中得到了反转，虽然两首诗的语境同样是"恋爱中的分离"。商籁第 50 首通篇讲述离开爱人的行旅的去程，第 51 首则通过一个巧妙的问句，直接跳到了归程："既是从你身边远离，我又何必赶路？／只有在归程中，我才需要邮马。"这里的邮马（posting），指英国当时在主干道沿途的客栈设置的换马处，那里所提供的快马，一般是作传递邮政公文所用。与诗人自己的马匹不同，使用邮马且频繁换马的话，一天可以跑 100 英里，所谓"需要邮马"也就是用当时骑马能够达到的最大速度赶路：

Thus can my love excuse the slow offence

Of my dull bearer when from thee I speed:

From where thou art why should I haste me thence?

Till I return, of posting is no need.

那么，背向着你的时候，由于爱，

我饶恕我这匹走得太慢的坐骑：

背向着你呀，为什么要走得飞快？

除非是回来，才须要马不停蹄。

　　诗人在第二节中笔锋一转，说在归途中，和自己心急如焚、想要尽快回到俊友身边的心情相比，最快的马匹也"显得太慢"。因此"我"要重复第 50 首第三节中做过的用马刺蹬马、催促其加速的动作，而"我"又明确知道，即使"我"御风而行，即使"我"的马儿插上空气的翅膀疾驰（in winged speed），成为希腊神话中派格萨斯那样的飞马，归心似箭的"我"依然会感到自己纹丝不动，假想中飞马的速度都不能赶上"我"一心要回到爱人身边的渴望：

O! what excuse will my poor beast then find,

When swift extremity can seem but slow?

Then should I spur, though mounted on the wind,

In winged speed no motion shall I know

那时啊，飞行也会觉得是爬行，

可怜的牲口，还能够得到饶恕？

他风驰电掣，我也要踢他加劲；

因为我坐着，感不到飞快的速度

也就是说，在逐渐向俊友靠近的回程中，"我"原先的普通马匹赶不上"我"的归心，现实中最快的邮政马匹同样赶不上，甚至连想象中的飞马——一匹与风元素结合的天空之马——都不能赶上"我"回家的渴望（with my desire keep pace）。因为诗人想要见到俊友的渴望如同世间最快的马：一匹与四元素中最轻最快的火元素相结合的火焰之马。它将不再有任何笨重的肉身（no dull flesh），而是一匹无形的精神之马，它将在"完美的爱欲"中嘶鸣，奔腾如火焰（in his fiery race）。既然这第四匹马是渴望与爱欲之火本身的化身，是最轻快的元素的道成肉身，那风之马、邮马，还有现实中"我"这匹"没用的马"（jade）赶不上它也就容易被原谅了；为了爱的缘故，爱人也会原谅它。

Then can no horse with my desire keep pace;

Therefore desire, of perfect'st love being made,

Shall neigh–no dull flesh–in his fiery race;

But love, for love, thus shall excuse my jade, –

那时候，没马能跟我的渴望并进；

因此我无瑕的爱所造成的渴望

（不是死肉）将燃烧，奔驰，嘶鸣；

但是马爱我，我爱他，就对他原谅

在商籁第 45 首（《元素玄学诗·下》）的第一节中，诗人曾将对俊友的思念比作风元素，而将对他的渴望或爱欲比作火元素，称这两者是"缺席的出席者"，无论"我"身在何处，"我"对"你"的思念和渴望都与"你"同在（The other two, slight air, and purging fire … The first my

503

thought, the other my desire, /These present-absent with swift motion slide, ll.1–4, Sonnet 45)。这种将自然界的宏观宇宙与人体的微观宇宙联系起来的元素奇喻，可以被莎士比亚灵活地运用于各种语境，塑造丰富生动的人物性格和心理活动，比如在《李尔王》第三幕第二场中，莎翁让蒙受了不公的李尔去狂野中呼喊："吹吧，风啊！胀破了你的脸颊，猛烈地吹吧！你，瀑布一样的倾盆大雨，尽管倒泻下来，浸没了我们的尖塔，淹沉了屋顶上的风标吧！你，思想一样迅速的硫磺的电火，劈碎橡树的巨雷的先驱，烧焦了我的白发的头颅吧！你，震撼一切的霹雳啊，把这生殖繁密的、饱满的地球击平了吧！打碎造物的模型，不要让一颗忘恩负义的人类的种子遗留在世上！"

愤怒的李尔召唤土（地球）、水（瀑布、大雨、倒泻、浸没、淹沉）、火（硫磺、电火、劈碎、巨雷、烧焦、霹雳）、风（风、胀破脸颊、吹、风标）四种元素一同来摧毁世界，而这四元素之间的激烈斗争也是李尔自己被情感撕裂的内心的象征，与十四行诗系列中的用法迥然不同。在活用奇喻并以诗才更新传统方面，莎士比亚的确可以担起海伦·加德纳加诸他身上的"原始玄学派"（proto-metaphysical）这一称谓。[1] 后世的玄学派诗人不乏在这方面受到莎翁影响的，譬如晚一辈的玄学派诗人之翘楚约翰·多恩。多恩出版于 1635 年的印刷诗集《歌与十四行诗》中有一首

1 详见商籁第 24 首的解读。

题为《解体》的短诗，其中诗人提到自己和爱人的身体都
是由四元素构成的，并且互相构造、彼此消磨：

> She's dead; and all which die
>
> To their first elements resolve;
>
> And we were mutual elements to us,
>
> And made of one another.
>
> My body then doth hers involve,
>
> And those things whereof I consist hereby
>
> In me abundant grow, and burdenous,
>
> And nourish not, but smother.
>
> My fire of passion, sighs of air,
>
> Water of tears, and earthly sad despair,
>
> Which my materials be,
>
> But near worn out by love's security … (ll.1–12)
>
> 她死了；一切死者
>
> 都向他们最初的元素还原；
>
> 而我们彼此互为元素，
>
> 是用彼此造制。
>
> 那么我的身体就与她的相纠缠；
>
> 那些构成我的东西，遂在我
>
> 体内大量增长，成为重负，

非但不供营养，反倒令人窒息。

我的热情之火、叹息之气、

眼泪之水和土似的悲伤绝望，

这些是我的原料，

却近乎被爱情的鲁莽都消磨掉……（第 1—12 行）[1]

在商籁第 51 首——这首出现了四种马匹（两种现实之马和两种想象之马）的玄学诗的最后，诗人再次加入了一个急转（volta），既然属土的马（"我"的疲惫的马或快捷的邮马）以及属风的马（插翅的天马）都赶不上属火的马（"我"对"你"的渴望），那么"我"决定干脆不坐任何马匹，放走胯下这匹在离开"你"时就拖泥带水的慢吞吞的马，转而亲自奔向"你"——不是用属土的肉身，那样"我"还不如骑同样属于土的老马更快，而是全然仰仗"我"的精神，仰仗爱情本身——乘坐看不见的渴望之马，以火焰的速度，脱离了肉体，向"你"飞奔：

'Since from thee going, he went wilful-slow,

Towards thee I'll run, and give him leave to go.'

因为背向你，他曾经有意磨蹭，

面向你，我就自己跑，放他去步行。

1 约翰·但恩，《英国玄学诗鼻祖约翰·但恩诗集》，傅浩译，第116 页。

506

我像个富翁，有一把幸福的钥匙，
能随时为自己打开心爱的金库，
可又怕稀有的快乐会迟钝消失，
就不愿时刻去观看库里的财富。

同样，像一年只有几次的节期，
来得稀少，就显得更难得、更美好，
也像贵重的宝石，镶得开、镶得稀，
像一串项链中几颗最大的珠宝。

时间就像是我的金库，藏着你，
或者像一顶衣橱，藏着好衣服，
只要把被囚的宝贝开释，就可以
使人在这一刻感到特别地幸福。

　　你是有福了，你的德行这么广，
　　　使我有了你，好庆祝，没你，好盼望。

So am I as the rich, whose blessed key,

Can bring him to his sweet up-locked treasure,

The which he will not every hour survey,

For blunting the fine point of seldom pleasure.

Therefore are feasts so solemn and so rare,

Since, seldom coming in that long year set,

Like stones of worth they thinly placed are,

Or captain jewels in the carcanet.

So is the time that keeps you as my chest,

Or as the wardrobe which the robe doth hide,

To make some special instant special-blest,

By new unfolding his imprison'd pride.

Blessed are you whose worthiness gives scope,

Being had, to triumph; being lacked, to hope.

在商籁第 48 首(《珠宝匣玄学诗》)中，我们看到了一系列空间意象的对照：密闭的珠宝匣与开放的心房，微不足道的珠宝和最无价的爱人……这场物理和想象的柜中上演的珍藏、上锁和偷窃的小戏剧尚未结束，即将在商籁第52 首，也是"离情内嵌诗"系列的最后一首中，展开新的维度。

莎士比亚的浪漫主义后继者威廉·华兹华斯曾在自己的一首十四行诗中，把十四行诗系列比作开启莎翁内心的钥匙：

Scorn not the Sonnet; Critic, you have frowned,

Mindless of its just honours; with this key

Shakespeare unlocked his heart.

别小瞧十四行；评论家啊，你皱起眉头

无视它应得的尊荣；正是用这把钥匙

莎士比亚开启了他的心扉。

（包慧怡 译）

第 52 首是莎士比亚 154 首商籁中唯一一次出现"钥匙"（key）一词的地方。钥匙的功能是开锁，钥匙存在是为了开启柜子并通向"被锁起的宝藏"（up-locked treasure），钥匙本身就是一种引诱。加斯东·巴什拉写道："没有什么锁可以抵挡住所有的暴力。每一把锁都是对撬锁者的召唤。锁是怎样一个心理学门槛啊。带有装饰的锁对铤而走险者是怎样的挑战! 一把装饰漂亮的锁里有怎样的'情结'!"[1] 就像商籁第 52 首第一节中描写的那个富翁,要抵挡时时刻刻去检视宝物的诱惑需要付出额外的意志力,更何况诗人的宝物是比一般首饰贵重得多,也使拥有者"富足"得多的"你":

So am I as the rich, whose blessed key,

Can bring him to his sweet up-locked treasure,

The which he will not every hour survey,

For blunting the fine point of seldom pleasure.

我像个富翁,有一把幸福的钥匙,

能随时为自己打开心爱的金库,

可又怕稀有的快乐会迟钝消失,

就不愿时刻去观看库里的财富。

这一节延续了商籁第 48 首中珠宝匣的意象,虽然此处的"宝箱"并未直接出现,而仅仅以钥匙的形式现身。钥匙总是和箱子、柜子、衣橱以及它为之上锁的密闭空间同时出现,一个没有钥匙的柜子是不自然的。不难体会兰波在《孤儿的新年礼物》中描写的孩子的惊诧和焦虑:

1 加斯东·巴什拉,《空间的诗学》,第 103 页。

——橱柜没有钥匙！……没有钥匙，那个大橱！

孩子们常常盯着它黑黑的门……

没有钥匙！……真奇特！……他们

多少次梦见那橱板间隐藏的秘密，

似乎听见，从张开的锁眼深处，

传来遥远的回音，虚无缥缈的幸福耳语……

——可今天，父母的卧室空空荡荡，

门缝里没有一丝红红的闪光；

没有父母，没有炉火，没有钥匙……[1]

钥匙有能力锁上和打开的是体积，是物理空间，同时更是内心的空间和隐私。无论是在"柜中骷髅"（skeleton in the cupboard，"丑闻 / 秘密"）、"出柜"（come out of the closet，"公布同性恋身份"），还是"保密"（hold the information close to his chest）或"心照不宣"（keep her opinions close to her chest）这样的惯用法中，可被上锁的柜子都是一种隐秘的场所，无论那里储存的是珠宝、信息还是晦暗的激情。一个心怀不可言说的深情的人不可能随意向人炫耀自己的柜子，就连对自己，也最好是保留到特殊的日子，每逢"庄严而稀罕的圣节"才谨慎地打开——就如节日在一年中只落在少数的日子，再华美的项链上大型宝石也只应当稀疏点缀——如此方配得上这日子、这宝石、

1 阿尔蒂尔·兰波，《兰波作品全集》，王以培译，第9页。

这秘密的珍贵：

Therefore are feasts so solemn and so rare,

Since, seldom coming in that long year set,

Like stones of worth they thinly placed are,

Or captain jewels in the carcanet.

同样，像一年只有几次的节期，

来得稀少，就显得更难得、更美好，

也像贵重的宝石，镶得开、镶得稀，

像一串项链中几颗最大的珠宝。

下一节中我们将看到本诗中除珠宝匣外的第二种"柜子"，即"衣橱"（wardrobe）。1609 年初版四开本第 10 行中这个词的拼法是 ward-robe，直指它的词源，即中古英语从古法语 garderobe 变形而来的 warderobe 一词，而古法语中这个名词则由动词 garder（守卫，看护）+ robe（衣物）组合而成。不乏学者认为莎士比亚使用 wardrobe 一词时，该词并非指"衣橱"，而是指"放衣物、盔甲或其他装备的房间"，即今日所说的"衣帽间"。我们认为，虽然 wardrobe 一词在已知文献中第一次被记载（14 世纪）时的确指"房间"，但同时期和稍晚的文本中绝不缺少将该词作为"衣橱"使用的例子。在《中古英语词典》（MED）所记载的 1440 年、1462 年和 1475 年的三个例子中，wardrobe 都是被当作"衣橱"或"衣柜"来使用的，更接近法语中的 armoire 一词。[1] 何况无论是"衣帽间"还是"衣橱"，在本诗的修辞中都是"我"珍藏"你"的幽闭空间，通过时光的魔法，宝物（"你"）甚至变成了"我的宝箱"（my chest）本身，宝藏与藏宝地不复有别，通过 chest 一词的双关潜力，"你"又同时变成了珍藏"你"的"我的心"（my chest，屠译未体现）本身：

> So is the time that keeps you as my chest,
> Or as the wardrobe which the robe doth hide,
> To make some special instant special-blest,
> By new unfolding his imprison'd pride.
> 时间就像是我的金库，藏着你，
> 或者像一顶衣橱，藏着好衣服，
> 只要把被囚的宝贝开释，就可以
> 使人在这一刻感到特别地幸福。

莎士比亚十四行诗中的"时光"（time）最常见的形象是一个暴虐、凶残、吞噬一切青春和美的、与死神可互换的"收割者"的角色。但在此节中，"时光"却有了使得爱情历久弥新的魔力，可以"保存你"，可以"令一些特殊时

---

1 https://quod.lib.umich.edu/m/middle-english-dictionary/dictionary/MED51734.

刻蒙上特殊的福分"（make some special instant special-blest），可以通过"展开"使一切"焕然一新"（by new unfolding）。法国超现实主义诗人安德烈·布列东在《白头发的手枪》一诗中描写了一个注满月光、等待被展开并检视的衣橱，"柜子装满了衣物／甚至有些隔层洒满月光，我可以将它们展开"；另一位法国超现实主义诗人约瑟夫·鲁方什（Joseph Rouffanche）在《心中的葬礼和奢华》一诗中更直白地写道："在壁橱的苍白衣物中，／我寻找着超现实。"[1] 衣橱成了一种时间机器，只要使用得当，在其中藏着秘密的人可以不断回到过去，重温那些特殊的蒙福的时光，不断展开并更新心上人的"被囚禁的光芒"（his imprison'd pride）。而"蒙福"的措辞，又以与《新约》中登上宝训之真福八端（Eight Beatitudes）一致的句式，在最终的对句中掷地有声地出现：

Blessed are you whose worthiness gives scope,
Being had, to triumph; being lacked, to hope.
你是有福了，你的德行这么广，
使我有了你，好庆祝，没你，好盼望。

最后一行中的情色意味（have 暗示性方面的占有）可以与黑夫人序列中的商籁第 129 首第 10 行对照阅读（Had,

1 加斯东·巴什拉，《空间的诗学》，第 102 页。

having, and in quest to have extreme, ll.10, Sonnet 129)。在本诗中，不得不说这个结尾削弱了前三节通过空间（衣橱、珠宝匣）和时间（圣节）两个维度次第打开的玄学式抒情的力度。

巴什拉在《空间的诗学》中强调一种寻找的必要性，即"寻找人的内心空间和物质的内心空间的两个梦想者的同场地性（homodromie）"。[1] 这种"同场地性"在莎士比亚以"珠宝匣"（第 48 首）和"衣橱"（第 52 首）为核心奇喻的两首玄学诗中表现得尤为精彩。从商籁第 43 首开始的"离情内嵌诗"系列至此也告一段落。

1 加斯东·巴什拉，《空间的诗学》，第 113 页。

雕有维纳斯与丘比特的胡桃木与橡木衣橱，
约1580年

你这人究竟是用什么物质造成的，
能使几千万别人的影子跟你转？
因为每个人都只能有一个影子，
你一人却能借出去影子几千万！

描述阿董尼吧，他这幅肖像，
正是照你的模样儿拙劣地描下；
把一切美容术都加在海伦的脸上，
于是你成了穿希腊服装的新画：

就说春天吧，还有那丰年的收获；
春天出现了，正像你美丽的形态，
丰年来到了，有如你仁爱的恩泽，
我们在各种美景里总见到你在。

　　一切外表的优美中，都有你的份，
　　可谁都比不上你那永远的忠贞。

What is your substance, whereof are you made,

That millions of strange shadows on you tend?

Since every one, hath every one, one shade,

And you but one, can every shadow lend.

Describe Adonis, and the counterfeit

Is poorly imitated after you;

On Helen's cheek all art of beauty set,

And you in Grecian tires are painted new:

Speak of the spring, and foison of the year,

The one doth shadow of your beauty show,

The other as your bounty doth appear;

And you in every blessed shape we know.

    In all external grace you have some part,

    But you like none, none you, for constant heart.

1593 年，莎士比亚以四开本小册子的形式付梓出版了叙事长诗《维纳斯与阿多尼斯》，该诗的出版早于他任何戏剧的出版，诗由作者题献给南安普顿伯爵。同时或不久后，莎士比亚开始写作十四行诗系列，而诗系列中唯一一次直接出现"阿多尼斯"这个人物，就是在商籁第 53 首中。

商籁第 53 首开启了整本诗集的新篇章，此前从商籁第 43 首开始、长达 10 首的"离情内嵌诗"，以及其中对俊友不忠的指控（第 40—42 首）告一段落。从本诗起，诗人转而再次全心全力歌颂俊友的完美，无论是外表还是内心。第一节四行诗中，诗人以新柏拉图主义的视角提出"本质"（substance）与"影子"（shadow）的对题。第 1、第 2 行首先提出一个典型的玄学问题："你"的本质是什么，可以使无数的影子都追随"你"？第 3、第 4 行旋即给出一个不直接切题的回答："你"就是所有那些影子的"本质"，虽然尘世间每人只能有一个影子，但你仿佛超凡脱尘，可以"仅仅一个人"（you but one）为"每一个影子"（every shadow）提供原型。严格来说，莎士比亚在此已经部分偏离了"理念 / 原型"说，而颇有一些《永嘉大师证道歌》中"一月普现一切水，一切水月一月摄"的禅意了：

What is your substance, whereof are you made,
That millions of strange shadows on you tend?

Since every one, hath every one, one shade,

And you but one, can every shadow lend.

你这人究竟是用什么物质造成的，

能使几千万别人的影子跟你转？

因为每个人都只能有一个影子，

你一人却能借出去影子几千万！

下一节中出现了希腊神话中不幸早夭的美少年"阿多尼斯"（屠译"阿董尼"）的名字，这也是十四行诗系列中唯一一次出现这个名字。众人皆知俊美无双的阿多尼斯是维纳斯所爱上的少年，最终他不听维纳斯的警告，在一次鲁莽的狩猎中葬身于野猪的獠牙，其鲜血与随之赶来的维纳斯的泪水融为一体，化作银莲花（anemone，字面意思为"风之女"，传说此花见风就开，同时风一吹也就轻易凋谢）。阿多尼斯故事最著名的版本出现在奥维德《变形记》第十卷中，最早则出现在公元前 6 世纪左右女诗人萨福留下的残篇。莎士比亚显然熟知奥维德的版本，奥维德对阿多尼斯之美是这样描述的："甚至嫉妒女神也不得不称赞他的美，因为他简直就像画上画的赤裸裸的小爱神。假如你再给他一副弓箭，那么连装束也都一样了"；[1]（维纳斯对阿多尼斯说）"（阿塔兰塔［Atalanta］）美得简直和我一样，或者和你一样，假如你是女子的话"。[2] 阿多尼斯这种

---

1 奥维德、贺拉斯，《变形记·诗艺》，第 279 页。

2 奥维德、贺拉斯，《变形记·诗艺》，281 页。

中性的、近乎雌雄一体的美，在商籁第 53 首的第二节中也得到了凸显，莎翁在此巧妙地将阿多尼斯之美与"凡间最美的女子"海伦之美并置：

Describe Adonis, and the counterfeit

Is poorly imitated after you;

On Helen's cheek all art of beauty set,

And you in Grecian tires are painted new

描述阿董尼吧，他这幅肖像，

正是照你的模样儿拙劣地描下；

把一切美容术都加在海伦的脸上，

于是你成了穿希腊服装的新画

诗人对俊友说，任何人要描绘（describe）最美的少年阿多尼斯，所得的画像都不过是对"你"的拙劣模仿。这就非常值得注意了，因为诗人自己不久前刚用文字做了画家们用画笔做的事——"描绘阿多尼斯"（describe）——还不是轻描淡写，而是写了整整 1194 行的叙事长诗。《维纳斯与阿多尼斯》出版于 1593 年，被普遍看作莎翁一生中最早付梓的作品，其写作时间一般被认为是 1592 年，也就是十四行诗系列写作的同时或更早一点。该诗每节六行，有 199 节（共计 1194 行），韵式为 ababcc，相当于由一节交叉韵的四行诗（quatrain）加一组对句（couplet）构成，通篇也用五步抑扬格写就，因此就形式而言，这首长诗与十四行诗关系紧密。更重要的是，与《莎士比亚十四行诗集》的题献由出版商代笔不同，《维纳斯与阿多尼斯》是由莎翁亲自题献给他的诗歌赞助人，也是现实中"俊美青年"的头号候选人南安普顿伯爵的。该题献措辞极尽谦卑却也不失真诚，大意如下：

> 尊敬的阁下：
>
> 余不揣冒昧，率奉拙诗与阁下，亦不揣世人将如何指斥某竟择如此强有力之后盾以扶持何其差强之赘吟；伏惟或博阁下一粲，余当自视为崇高之荣耀，并誓以所有之闲暇勉力进取，直至向阁下敬献精雕之力作。然则余此番之初作倘有所鄙陋，将愧对其高贵之尊教，并永不耕耘如是贫瘠之原，盖因惧其犹馈余乏善之收获矣。余呈此以待阁下垂顾怡赏；余愿斯以应阁下之所欲及世人之所期也。
>
> 尊奉阁下之威廉·莎士比亚
>
> （方平 译）

当莎士比亚将南安普顿伯爵称作"我创作的头生子"（the first heir of my invention，方译"余此番之初作"）的

"如此高贵的教父"（so noble a god father，方译"高贵之尊教"），也即《维纳斯与阿多尼斯》这最早出版的诗歌小册子的催生者时，我们一定会想起1609年四开本《莎士比亚十四行诗集》题献页上对"俊美青年"W.H.先生的描述："下面刊行的十四行诗的唯一的促成者。"至此，神话中的美少年阿多尼斯，十四行诗系列中的戏剧人物"俊美青年"，商籁第53首中被称为"对你的拙劣模仿"的"阿多尼斯（的画像）"，《维纳斯与阿多尼斯》的题献对象南安普顿伯爵，《莎士比亚十四行诗集》的题献对象W.H.先生……这五者之间的互相指涉和回响已经显著到不容任何细心的读者忽略。不妨来一读《维纳斯与阿多尼斯》的头两节，它们的长短合起来恰如一首缺了两行的十四行诗：

> 太阳刚刚东升，圆圆的脸又大又红，
> 泣露的清晓也刚刚别去，犹留遗踪，
> 双颊绯红的阿都尼，就已驰逐匆匆。
> 他爱好的是追猎，他嗤笑的是谈［情］。
> 维纳斯偏把单思害，急急忙忙，紧紧随［定］，
> 拚却女儿羞容，凭厚颜，要演一出凰求凤。
>
> 她先夸他美，说，"你比我还美好几倍。
> 地上百卉你为魁，芬芳清逸绝无对。

仙子比你失颜色，壮男比你空雄伟。

你洁白胜过白鸽子，娇红胜过红玫瑰。

造化生你，自斗智慧，使你一身，俊秀荟萃。

她说，'你若一旦休，便天地同尽，万物共毁。'"

（第 1—12 行，张谷若 译）[1]

　　莎翁在商籁第 53 首中没有突出阿多尼斯故事的悲剧性，如果他的十四行诗集和《维纳斯与阿多尼斯》一样是献给现实中的"阿多尼斯"的，这一做法就很容易理解。在商籁第 53 首的剩余部分，诗人转而再次强调俊友之完美，自然界的春华秋实都无法与"你"的美和丰沛相比；并且在对句中进一步补充，"你"不仅是一切"美"的终极原型，还兼具"恒定"（constant heart）之美德：

Speak of the spring, and foison of the year,

The one doth shadow of your beauty show,

The other as your bounty doth appear;

And you in every blessed shape we know.

就说春天吧，还有那丰年的收获；

春天出现了，正像你美丽的形态，

丰年来到了，有如你仁爱的恩泽，

我们在各种美景里总见到你在。

1 莎士比亚，《维纳斯与阿都尼》，出自《莎士比亚全集·十一》，第 6 页。

In all external grace you have some part,

But you like none, none you, for constant heart.

一切外表的优美中，都有你的份，

可谁都比不上你那永远的忠贞。

由于在本首商籁之前不久诗人刚控诉过俊友的背叛、不忠、不恒定（第40—42首），这个结尾在许多批评家看来颇具讽刺意味。西摩－史密斯认为最后一行应该被解释为："你不爱任何人，也没有任何人因为你的恒定而爱你。"[1] 言下之意是，爱你的人都是被你的美吸引，而非美德。我们则倾向于同意朗德力和文德勒等人的看法，即最后这行不是对事实的描述，而是诗人的祈愿[2]——你已经是世上一切外表之美的源泉（字面：所有外表的美都被你分享），唯愿你的内心也同样无人可比，无比恒定。

阿多尼斯的故事其实终于悲剧，也始于悲剧。他出生于因为和父亲犯了乱伦，在悔恨中变成一棵没药树的塞浦路斯公主密耳拉（Myrrha）的树皮中，出生时周身抹上了母亲的眼泪（即没药树脂）。没药从古埃及起就是制作木乃伊的重要香料，与死亡紧密相连，在《新约》三王来朝故事中，则是三博士之一巴尔塔萨献给婴儿基督的礼物，预示着基督未来的受难。在其他古希腊文本中，阿多尼斯在被

1 Carl D Atkins, ed., *Shakespeare's Sonnets with Three Hundred Years of Commentary*, pp. 148–49.

2 Hilton Landry, *Interpretations in Shakespeare's Sonnets*, pp. 47–55.

野猪杀死前曾主动藏身于，或被维纳斯藏身于一棵莴苣（lettuce）中，莴苣又是一种与腐烂与速朽相连的植物。阿多尼斯作为不详的植物神的形象，其实在《维纳斯与阿多尼斯》中已有多处端倪，到了19世纪之后，又得到詹姆斯·弗雷泽、马塞尔·德蒂安等近现代人类学家的高度关注和详尽解析。[1] 当然，这些就不在莎士比亚的考虑范围之内了。

1 Marcel Detienne, *The Gardens of Adonis: Spices in Greek Mythology*, pp. 4–36. 亦可见包慧怡，《没药树的两希旅程——从阿多尼斯的降生到巴尔塔萨的献礼》(《书城》2021年第3期，第92—97页)。

《唤醒阿多尼斯》，约翰·沃特豪斯，
1899—1900 年

莎士比亚《维纳斯与阿多尼斯》
1593 年初版四开本扉页

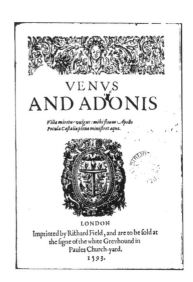

呵，美如果有真来添加光辉，
它就会显得更美，更美多少倍！
玫瑰是美的，不过我们还认为
使它更美的是它包含的香味。

单看颜色的深度，那么野蔷薇
跟含有香味的玫瑰完全是一类，
野蔷薇自从被夏风吹开了蓓蕾，
也挂在枝头，也玩得如痴如醉：

但是它们的好处只在容貌上，
它们活着没人爱，也没人观赏
就悄然灭亡。玫瑰就不是这样，
死了还可以提炼出多少芬芳：

　　可爱的美少年，你的美一旦消亡，
　　我的诗就把你的真提炼成奇香。

**商籁
第 54 首**

———

**"真玫瑰和
犬蔷薇"
博物诗**

529

O! how much more doth beauty beauteous seem

By that sweet ornament which truth doth give.

The rose looks fair, but fairer we it deem

For that sweet odour, which doth in it live.

The canker blooms have full as deep a dye

As the perfumed tincture of the roses.

Hang on such thorns, and play as wantonly

When summer's breath their masked buds discloses:

But, for their virtue only is their show,

They live unwoo'd, and unrespected fade;

Die to themselves. Sweet roses do not so;

Of their sweet deaths, are sweetest odours made:

And so of you, beauteous and lovely youth,

When that shall fade, my verse distills your truth.

本诗可以被归入"博物诗"（naturalist poem）。全诗聚焦"玫瑰"和"犬蔷薇"这两种近亲植物之间的对照，同时延续商籁第5首和第6首中"蒸馏／提炼"（distill）这一核心动词，探讨俊美青年所具有的美德。

从古典时期到中世纪，再到莎士比亚写作的早期现代，如要举出一种在文学中出现最多，意义也最丰富的花，相信玫瑰是一个没有太多争议的选择。这种蔷薇科植物不仅将所有的美综合于一个意象，成为"永恒不朽的美"的化身，更几乎成为一切崇高和值得渴望之事的符号，一个所有的上升之力汇聚的轴心，一种"一切象征的象征"。这一点在莎士比亚同时期或之后的诸多近现代诗人的作品中都可以看到。仅欧洲著名的"玫瑰诗人"就有法语中的龙沙、英语中的布莱克和叶芝、德语中的里尔克、西班牙语中的博尔赫斯等，他们都在各自的写作语言中留下了关于玫瑰的不朽篇章。叶芝更是将他出版于1893年的重要诗集命名为《玫瑰集》(*The Rose*)，该诗集中除了《当你老了》等名篇，还收录了《致时间十字架之上的玫瑰》《战斗的玫瑰》《世界的玫瑰》《和平的玫瑰》等脍炙人口的"玫瑰诗"。

莎士比亚的第54首商籁也是一首著名的玫瑰诗。在十四行诗系列中，诗人曾在多处将俊美青年比作玫瑰，每一首个别诗中的玫瑰意象都有不同的含义。除了第54首，这样的玫瑰诗还有第1、67、95、98、99和109首等。在第 54 首的第一节四行诗中，诗人借用玫瑰意象探讨了"美"和"真"的关系，"真"可以为"美"带去一种"甜美的装饰"，可以为"美"锦上添花，使得原先已经是美的事物"显得更美"（how much more doth beauty beauteous seem / By that sweet ornament which truth doth give）。这种关系就如同玫瑰花的"外表"和它的"香气"之间的关系：馥郁的花香，可以让原先只是"看起来很美"的玫瑰，在我们心中变得更美（The rose looks fair, but fairer we it deem/ For that sweet odour, which doth in it live），真和美之间也是如此。换言之，第一节四行诗告诉我们："真"是更美的"美"，"真"是"美"的"比较级"。

第二节四行诗中，出现了玫瑰意象的一个变体，在这首诗的语境中，也作为"真正的玫瑰"的对立面出现，一种和玫瑰同属蔷薇科的常见英国植物——野蔷薇（canker bloom）。野蔷薇俗名犬蔷薇（dog rose），这是它的拉丁文名称 rosa canina 的直译，这个古典拉丁语术语又来自古希腊语 κυνόροδον，其中"犬"的元素，据说来自人们自古相信这种野生蔷薇的根可以用来治疗狂犬病；直到 18、19 世纪，欧洲乡间的土方里还记载着用犬蔷薇的根部熬药为被疯狗咬伤的人热敷的药方。

在这首商籁中，莎士比亚是将犬蔷薇作为一种冒牌的玫瑰来呈现的：它们有玫瑰一样华美的色泽（The canker

blooms have full as deep a dye/As the perfumed tincture of the roses），有玫瑰一样的刺（Hang on such thorns），夏日的微风像吹开玫瑰的蓓蕾一样，使犬蔷薇的骨朵含苞绽放，而它们也像玫瑰一样热情地回应这吹拂（play as wantonly/When summer's breath their masked buds discloses），但它们究竟不是真正的玫瑰。作为转折段出现的第三节四行诗以一个谚语式的"但"开始——"但是它们的好处只在容貌上"（But, for their virtue only is their show），这里的show 即花朵的外表、容貌，也就是上文中的 dye（色彩，色泽）。而"芬芳的玫瑰不是如此"（Sweet roses do not so），因为在迷人的色泽之外，玫瑰还散发馥郁的气味，从玫瑰甜美的死亡中可以生产出甜美的玫瑰香露（Of their sweet deaths, are sweetest odours made）。第 11—12 行重复出现了三个 sweet（甜美），仿佛在呼应蒸馏过程中浓度越来越高的香气，同时也点出了"真正的玫瑰"三段式的甜美：甜美地生，甜美地死，并在死后留下的遗产（也即玫瑰香水）中最为甜美。这三重的甜美是徒有其表的犬蔷薇所不具备的。

诗人在第三节四行诗中巧妙而不动声色地完成了一次意义重大的概念替换：花朵的色彩被等同于表象（show）甚至是假象（disguise），就如文中犬蔷薇的字面意思一样，是"蛆虫之花""溃烂之花"，其美丽的外表暗示着金玉其外而败絮其中；只有花朵的香气（odour）才被等同于实质（substance），也是一朵花最重要的美德（virtue）。virtue一词在中古英语和早期现代英语中另一个重要的义项就是"力量"（power），来自它的拉丁文词根 *vir*（男人）。犬蔷薇唯一的力量在于色相，这远非什么恒久的力量，而是转瞬即逝的、容易腐烂的、易朽的。真正称得上美德的"力量"，对于玫瑰这样的花朵，是它的香气；而对于人类，就是"真"，一种在本诗第一节中还只是为外表的"美"锦上添花，到了诗末却已经与外表的美分离开来、作为表象之美的对立面被集中凸显的"真"。

因此在最后的对句中，诗人说，"你也是如此"（And so of you, beauteous and lovely youth），这里的 youth 既可以是本诗的致意对象"俊美青年"（Fair Youth）的简缩，也可以指"你"的青春。当"你"外表的美，或者它所象征的青春年华褪色，就像一朵玫瑰凋零，失掉它华美的色彩，"你"的内在的美德、"你"的"真"却不会受到影响，反而会在"你"死后愈加芬芳。这首先是因为"你"本身就拥有这样的芬芳，"你"的实质和外表一样美好；另一方面，还有"我"用诗歌来为"你"提纯（my verse distills your truth）——诗人自信自己的技艺能够歌颂、保留、铭记俊美青年内在的"真"，这也使得商籁第54首在博物诗的外表下，成为一首反思诗艺及其功用的元诗。

第 54 首商籁不仅赞颂俊友的外表，更赞颂他的内在，这也同整个诗系列中俊友始终被比作一朵真正的玫瑰（而不是犬蔷薇之类的伪玫瑰）是保持一致的。但是，这位青年在"俊美"之外，是否真的具备诗人所赞颂的那种真，这是一个在本诗前后的其他商籁中都受到质疑的问题。

德国植物学家及园艺画家奥托·威廉·托米笔下
犬蔷薇的不同生长阶段

白石，或者帝王们镀金的纪念碑
都不能比这强有力的诗句更长寿；
你留在诗句里将放出永恒的光辉，
你留在碑石上就不免尘封而腐朽。

毁灭的战争是会把铜像推倒，
火并也会把巨厦连根儿烧光，
但是战神的利剑或烈火毁不掉
你刻在人们心头的鲜明印象。

对抗着湮灭一切的敌意和死，
你将前进；人类将永远歌颂你，
连那坚持到世界末日的人之子
也将用眼睛来称赞你不朽的美丽。

　　到最后审判你复活之前，你——
　　活在我诗中，住在恋人们眼睛里。

Not marble, nor the gilded monuments

Of princes, shall outlive this powerful rhyme;

But you shall shine more bright in these contents

Than unswept stone, besmear'd with sluttish time.

When wasteful war shall statues overturn,

And broils root out the work of masonry,

Nor Mars his sword, nor war's quick fire shall burn

The living record of your memory.

'Gainst death, and all-oblivious enmity

Shall you pace forth; your praise shall still find room

Even in the eyes of all posterity

That wear this world out to the ending doom.

So, till the judgment that yourself arise,

You live in this, and dwell in lovers'eyes.

商籁第 55 首中，诗人综合了古希腊罗马和基督教传统中的末世意象，以先知般斩钉截铁的语调预言并塑造爱人在诗篇中的不朽，以及爱人的形象与自己诗篇的不可分离。"不朽"（immortality）是本诗中缺席在场的主角。

本诗开篇就是对古罗马诗人贺拉斯《颂歌集》（*Carmina*）第三卷第 30 首的回响，第三卷中这最后一首颂歌处理的主题正是诗人不朽的声明，它的第一行原文是这样的：*Exegi monumentum aere perennius*（"我树立起一座比青铜更恒久的纪念碑"）。商籁第 55 首第一节则预言道：

Not marble, nor the gilded monuments

Of princes, shall outlive this powerful rhyme;

But you shall shine more bright in these contents

Than unswept stone, besmear'd with sluttish time.

没有任何王公贵族的大理石，没有任何

镀金的纪念碑，能比这强健的诗行长寿；

你将在这些诗篇中熠熠生辉，赛过任何

疏于清扫、被邋遢的时光玷污的石头。

（包慧怡 译）

和莎士比亚其余的"阳刚型"元诗一样，这首诗始于诗人对其诗篇获得不朽的自信，却立刻转入"情诗"的语境："我"写诗不是为了自己获得不朽的诗名，而是为了让"你"荣耀，真正不朽的、能够战胜时间这一大敌的是被爱者"你"的形象。这与商籁第18、19、65、81、107、123首等元诗的主题是一致的。但颇具悖论意味的是，我们记住的依然只是作为求爱者和赞颂者的诗人的名字，对于那位被深爱的俊美青年却一无所知，不知道他的真实名姓，甚至不能肯定他是否真的是一位历史人物。诗人确实在诗篇中使自己的爱人获得了不朽，却并未揭示"你"究竟是谁，仿佛一切"不朽"的所指（signified）都注定以匿名和退隐的方式存在，唯有能指（signifier）——本节中用以歌颂和保存爱人形象的"这些诗篇"（these contents）——能够彰显自身。"时间"这位献给俊友的诗中最常出现的反派角色在此一反常态，以一种"不作为"的被动形象登场：不是通过做什么（像其他几首元诗中那种与死神合体的凶悍的收割者、谋杀者的形象），而是通过"什么都不做"，通过疏忽（unswept）和懒惰（sluttish）来造成破坏。万物仅仅在时光的兀自流逝中就会自行衰败：

When wasteful war shall statues overturn,

And broils root out the work of masonry,

Nor Mars his sword, nor war's quick fire shall burn

The living record of your memory.

毁灭的战争是会把铜像推倒，

火并也会把巨厦连根儿烧光，

但是战神的利剑或烈火毁不掉

你刻在人们心头的鲜明印象。

第一节四行诗中"不朽"的仇敌是时光，而第二节四行诗中"不朽"的敌人则是战争（war）及其人格化形象战神马尔斯（Mars）。战争能将一切化为荒原（wasteful），waste 的这一词义来自其中古英语动词 wasten（使成为荒地，to lay waste），来自拉丁文动词原形 *vastare* 并可进一步追溯到拉丁文形容词 *vastus*（荒凉的，无人的，广漠的）。wasteful war 能够推倒一切雕像，战事的纷争（broil）将一切"石匠的作品"（work of masonry）夷为平地，而身兼战神和火星的人格化形象的马尔斯则善用宝剑杀戮，一如战争本身善用火焰焚烧，但他们都无法破坏"对你的记忆的鲜活的记录"（living record of your memory），即眼下这首诗。到了第二节的末尾，"不朽性"（immortality）的载体开始由"你"本身向（"我"对"你"的）"记录"过渡，虽然诗人表面上仍将赞颂的对象落实在"你"身上。

'Gainst death, and all-oblivious enmity

Shall you pace forth; your praise shall still find room

Even in the eyes of all posterity

That wear this world out to the ending doom.

对抗着湮灭一切的敌意和死，

你将前进；人类将永远歌颂你，

连那坚持到世界末日的人之子

也将用眼睛来称赞你不朽的美丽。

到了第三节中，出现了"不朽"的终极大敌，"死亡"本身，一种吞噬万物也令人忘记一切的"敌意"（all-oblivious enmity）。第 10 行中，诗人先说"你"会无畏地向"死亡"走去，这里更多地是指"你的形象"，也就是同一行后半部分强调的"对你的赞美"（your praise），也就是以诗篇的形式保留下来的"我"对"你"的赞颂，它将"永远能找到空间 / 在所有后代的目光中"（shall still find room/Even in the eyes of all posterity），直到最终的末日来临，直到这个世界被"耗损完"的那一天。从语法上来说，wear this world out（耗损完这个世界）的先行词是"所有后代"（all posterity），但根据上下文语境，"耗损完"这个世界的同时也有前三节中被一一列举的敌人：时间、战争和死亡。诗人在第三节和对句中全面引入了基督教末世论（eschatolo-

542

gy）的意象：最后审判之日，死人将要复活/从坟墓中升起（arise），其中自然也包括"你"。但在"我"写诗的今天，在"你"的肉身必然遵从自然规律消亡的明天，以及遥远未来的末日审判之间，还隔着漫长的不可计数的岁月。在这漫长的等待期间，在"你"真正的"复活"到来之前，就让"你"在这诗篇中获得一种代理性的"不朽"吧，让"你"在"我的诗篇"中，以及所有会读到这些诗篇的爱人眼中"永生"。在全诗末尾，"我的诗"是"你"所居住的空间，"我的诗"与"你的形象"已经不复有别，这浑然一体的两者对于锻造可抵抗死亡的"不朽"都是必需的：

So, till the judgment that yourself arise,
You live in this, and dwell in lovers'eyes.
到最后审判你复活之前，你——
活在我诗中，住在恋人们眼睛里。

《新约》中对末日审判的记载散落在四福音书、使徒书信和《启示录》各处，譬如："我又看见死了的人，无论大小，都站在宝座前。案卷展开了，并且另有一卷展开，就是生命册。死了的人都凭着这些案卷所记载的，照他们所行的受审判。于是海交出其中的死人，死亡和阴间也交出其中的死人。他们都照各人所行的受审判"（《启示录》20:

12）；"但各人是按着自己的次序复活，初熟的果子是基督，以后在他来的时候，是那些属基督的"（《哥林多前书》15:23）。比起这终极意义上的真正的复活和不朽，诗人能用艺术给予爱人的不朽当然是不彻底的、暂时的、不全面的，但这已是凡人之手能够赋予另一位凡人的最接近"不朽"的永恒。

《最后的审判》，斯蒂芬·洛赫纳，1435 年

你的锋芒不应该比食欲迟钝，
甜蜜的爱呵，快更新你的力量！
今天食欲满足了，吃了一大顿，
明天又会饿得凶，跟先前一样；

爱，你也得如此，虽然你今天教
饿眼看饱了，看到两眼都闭下，
可是你明天还得看，千万不要
麻木不仁，把爱的精神扼杀。

让这可悲的间隔时期像海洋
分开了两边岸上新婚的恋人，
这对恋人每天都来到海岸上，
一见到爱又来了，就加倍高兴；

或唤它作冬天，冬天全都是忧患，
使夏的到来更叫人企盼，更稀罕。

飨宴
情诗

Sweet love, renew thy force; be it not said

Thy edge should blunter be than appetite,

Which but to-day by feeding is allay'd,

To-morrow sharpened in his former might:

So, love, be thou, although to-day thou fill

Thy hungry eyes, even till they wink with fulness,

To-morrow see again, and do not kill

The spirit of love, with a perpetual dulness.

Let this sad interim like the ocean be

Which parts the shore, where two contracted new

Come daily to the banks, that when they see

Return of love, more blest may be the view;

Or call it winter, which being full of care,

Makes summer's welcome, thrice more wished, more rare.

商籁第 56 首的致意对象虽然仍是第二人称"你",却不再是诗人仰慕的俊美青年,而变成了爱情本身,甚至是爱情的人格化形象"爱神"。这首情诗可以说是一首探讨爱情特质的"元情诗"。

莎士比亚早在《维纳斯与阿多尼斯》(*Venus and Adonis*)中就强调过爱情中表白的重要性:

For lovers say, the heart hath treble wrong

When it is barred the aidance of the tongue. (ll.329–30)

情人说,如无法借口舌去表白

心灵就会受到三倍的摧残。

（包慧怡 译）

这"三倍的摧残"一般被解作"出于三个原因":1. 爱慕者无法去表白;2. 被爱者没有机会听到表白;3. 爱慕者没有机会听到被爱者的回应。但对熟悉莎士比亚十四行诗措辞的我们而言,通常"三倍"也就是莎氏形容数量众多的惯用词之一,和商籁第 56 首最后对句中的"三倍受欢迎"用法相似(thrice more wished)。可以说整本十四行诗,尤其是其中献给俊美青年的情诗系列,全面贯彻了《维纳斯与阿多尼斯》中爱与美女神维纳斯对于"爱情必须付诸口舌"的观点,将"表白"这件事做到了推陈出新、花样穷尽的高度。商籁第 56 首作为一首情诗，开篇并不直接召唤被爱者，而是直接向爱情本身或其人格化形象"甜蜜的爱神"呼告：

Sweet love, renew thy force; be it not said

Thy edge should blunter be than appetite,

Which but to-day by feeding is allay'd,

To-morrow sharpened in his former might

你的锋芒不应该比食欲迟钝，

甜蜜的爱呵，快更新你的力量！

今天食欲满足了，吃了一大顿，

明天又会饿得凶，跟先前一样

诗人对爱神说，请时时恢复你的威力，别让他人说你的"刀锋"（edge）或威力还赶不上不知餍足的"食欲"（appetite）。诗人在此没有直呼爱神的名字丘比特，像他在其他一些十四行诗中所做的那样，但这种拿食欲来比爱欲，用一种通常被看作基本或低劣的肉体需求来挑战爱神权威的措辞，十分像与一个小男孩（爱神在莎士比亚诗歌与戏剧中最常见的形象）说话的激将法口吻：爱神啊，"你"既自夸有"劲"（force），就别让人说"你"在自我复原方面还比不上一个饱腹之神：

So, love, be thou, although to-day thou fill

Thy hungry eyes, even till they wink with fulness,

To-morrow see again, and do not kill

The spirit of love, with a perpetual dulness.

爱，你也得如此，虽然你今天教

饿眼看饱了，看到两眼都闭下，

可是你明天还得看，千万不要

麻木不仁，把爱的精神扼杀。

　　爱神，或被他统辖的爱欲，再次被刻画成生着"饿眼"，甚至被喜剧化地处理成因为吃得太饱而眨巴着眼睛，诗人希望这双眼睛不会因为餍足而变得模糊（dulness），而要日复一日地"看见"（see）。这里我们可以对比阅读商籁第47首（《"眼与心之战"玄学诗·下》），在那首诗中，爱欲的语言同样被转化为食欲的语言：当爱人不在身边时，诗人的眼睛会因为"看不到"而闹饥荒；而看不见爱人真实形象的诗人的眼睛，决定用爱人的肖像（my love's picture）来大摆宴席，并邀请同样相思成疾的心一起参加这"彩画的盛宴"（painted banquet）。"爱的盛宴／宴会／飨宴"是中世纪到文艺复兴诗歌中常见的意象，但丁未完成的诗集直接题为《飨宴》（Convivio，1304—1307）。类似地，在《维纳斯与阿多尼斯》中，莎士比亚让被阿多尼斯一再回绝的女神

声称，即使自己的视觉、听觉、触觉、嗅觉都被剥夺，她
也能凭"味觉"这一种感官，让爱的"盛宴"不断延续：

Say, that the sense of feeling were bereft me,

And that I could not see, nor hear, nor touch,

…

But, O, what banquet wert thou to the taste,

Being nurse and feeder of the other four!

Would they not wish the feast might ever last,

And bid Suspicion double-lock the door,

Lest Jealousy, that sour unwelcome guest,

Should, by his stealing in, disturb the feast? (ll.439–50)

假如说这些感官一个都不剩，

不能眼看，不能耳听，也无法触摸，

……

哦，凭味觉你是多美的盛宴，

看护并喂养着其他那四个感官，

难道不是为这盛宴持续到永远，

为小心谨慎它们才叫大门紧关，

免得那不受欢迎的妒忌心造访，

偷偷溜进来，把这盘美宴搅黄？

（屠岸 译）

在商籁第 56 首中，诗人似乎感觉到爱情有在时光中磨损的倾向，因此花了整整两节四行诗围绕"飨宴"这一核心比喻，敦促爱神或爱情克服这种倾向。本诗的前八行（octave）可以看作诗人的一种内心独白，在这一个人的心灵剧场中，对话者是诗人身上似乎察觉到爱情减退的、不再那么爱（俊友）的那部分自己，以及决定坚定心意、将爱情贯彻到底的那部分自己。到了第三节四行诗中，"飨宴"的意象突然让位于一种"悲哀的间隔"，这间隔既是空间的（"如同隔开两岸的海洋"），也是时间的（被迫分开的两名爱人日复一日地来到岸边，隔着海洋见证爱情的回归）：

Let this sad interim like the ocean be

Which parts the shore, where two contracted new

Come daily to the banks, that when they see

Return of love, more blest may be the view

让这可悲的间隔时期像海洋

分开了两边岸上新婚的恋人，

这对恋人每天都来到海岸上，

一见到爱又来了，就加倍高兴

这个看似转折段的诗节其实还是对前文八行诗的发

展。本诗并不属于"离情内嵌诗"的一部分，诗内上下文以及前后的十四行诗都没有出现叙事者与爱人分开的信息，因此第 9 行中的"悲哀的间隔"（sad interim）是一种修辞上的间隔，不宜被理解成现实中的分离。恰如海洋无法隔开相爱的人的心意，无法阻碍他们每日隔岸相会，诗人希望爱情中的这种 interim（间隔）也是如此，不会磨损爱情中最核心的部分，反而能使之历久弥新。对句中再次强调，如果爱情中的"间隔"不能如第三节中分开爱人却加强爱情的海洋那样，那不妨从空间维度再次切入时间维度，把这种"间隔"称为"冬日"——虽然充满忧虑，却能够使即将到来的夏日"三倍地"更受欢迎、更珍贵。无论是海洋还是冬日，其表面的阻隔最终反而会加强双方的爱情，至少在情诗的理想世界里是这样：

Or call it winter, which being full of care,
Makes summer's welcome, thrice more wished, more rare.
或唤它作冬天，冬天全都是忧患，
使夏的到来更叫人企盼，更稀罕。

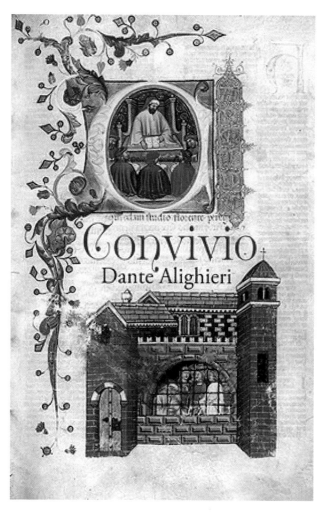

但丁《飨宴》（1304—1307）封面

做了你的奴隶，我能干什么，
假如不时刻伺候你，随你的心愿？
我的时间根本就不算什么，
我也没事情可做，只等你使唤。

我的君王！我为你守着时钟，
可是不敢责骂那不尽的时间，
也不敢老想着别离是多么苦痛，
自从你对你仆人说过了再见；

我也不敢一心忌妒地去探究
你到了哪儿，或猜测你的情形，
只像个悲伤的奴隶，没别的念头，
只想：你使你周围的人们多高兴。

　　爱真像傻瓜，不管你在干什么，
　　他总是以为你存心好，不算什么。

Being your slave what should I do but tend,
Upon the hours, and times of your desire?
I have no precious time at all to spend;
Nor services to do, till you require.

Nor dare I chide the world-without-end hour,
Whilst I, my sovereign, watch the clock for you,
Nor think the bitterness of absence sour,
When you have bid your servant once adieu;

Nor dare I question with my jealous thought
Where you may be, or your affairs suppose,
But, like a sad slave, stay and think of nought
Save, where you are, how happy you make those.

    So true a fool is love, that in your will,
    Though you do anything, he thinks no ill.

商籁第 57 首和第 58 首是一组双联诗,"主人"与"扈从",以及"你的时间"和"我的时间"之间的对立,是连接这两首带有浓重怨歌(plaint)色彩的情诗的枢纽。

　　比莎士比亚稍晚出生的玄学派诗人安德鲁·马维尔(Andrew Marvell)在《花园》(The Garden)一诗的最后一节中把日晷比作花园,说它只用碧草和鲜花计算时辰。花园中的草木枯荣由钟点和年份制约,但最美的时辰也只能用生命如昙花一现的草木来计算:

How well the skillful gard'ner drew
Of flow'rs and herbs this dial new,
Where from above the milder sun
Does through a fragrant zodiac run;
And as it works, th'industrious bee
Computes its time as well as we.
How could such sweet and wholesome hours
Be reckon'd but with herbs and flow'rs!
多才多艺的园丁用鲜花和碧草
把一座新日晷勾画得多么美好;
在这儿,趋于温和的太阳从上空
沿着芬芳的黄道十二宫追奔;
还有那勤劳的蜜蜂,一面工作,

一面像我们一样计算着它的时刻。

如此甜美健康的时辰，只除

用碧草与鲜花计算，别无他途！

（杨周翰 译）[1]

类似地，在商籁第 57 首中，诗人首先提出了我们已经在商籁第 26 首（《典雅爱情玄学诗》）中看到过的、滥觞于骑士文学的对恋爱双方关系的定义：被爱慕追求者（骑士文学中的淑女或贵妇）是主人，求爱的骑士是奴仆或扈从，必须不惜一切代价满足前者的心愿，或完成看似不可能的历险、建功立业来证明自己配得上前者的爱情。在商籁第 26 首中，诗人称俊美青年为"主公"，而自己是附庸的诸侯——"我爱的主呵，你的高尚的道德 / 使我这臣属的忠诚与你紧系"（Lord of my love, to whom in vassalage/ Thy merit hath my duty strongly knit）。在商籁第 57 首和第 58 首中，俊美青年自然也担任了"主人"的角色，诗人则依然是"奴仆"（slave）或"佣人"（servant），有提供"服务"（service）的责任：

Being your slave what should I do but tend,

Upon the hours, and times of your desire?

I have no precious time at all to spend;

1 转引自胡家峦，《历史的星空》，第 51 页。

Nor services to do, till you require.

做了你的奴隶，我能干什么，

假如不时刻伺候你，随你的心愿?

我的时间根本就不算什么，

我也没事情可做，只等你使唤。

这就导致了本来绝对公平的由日晷、钟表或其他计时器计算的机械时间，在情诗的语境中成了价值有高低的、诉求有先后的、绝对不公平的情感时间。"我"的时间一文不值（no precious time at all），"你"的欲望的时机（times of your desire）才是重要的，"我"的时间只有在服务于"你"的时候才是有价值的，除此之外，"我"都是在虚掷光阴：

Nor dare I chide the world-without-end hour,

Whilst I, my sovereign, watch the clock for you,

Nor think the bitterness of absence sour,

When you have bid your servant once adieu

我的君王! 我为你守着时钟，

可是不敢责骂那不尽的时间，

也不敢老想着别离是多么苦痛，

自从你对你仆人说过了再见

第二节中诗人直接称呼俊美青年为"我的君王"（my sovereign），而说自己是为这位君王看守时钟的人，或者说，是随时等待爱人的差遣，甚至为这种差遣迟迟不来而如坐针毡的、"盯着钟表的人"（watch the clock）。爱人的缺席，以及对爱人缺席时去了哪里、与何人在一起寻欢作乐的猜疑，都苦苦折磨着诗人，使他虽然深陷嫉妒却不敢质疑，不在爱人身边，却时时刻刻除爱人之外"想不了任何事情"：

Nor dare I question with my jealous thought

Where you may be, or your affairs suppose,

But, like a sad slave, stay and think of nought

Save, where you are, how happy you make those.

我也不敢一心忌妒地去探究

你到了哪儿，或猜测你的情形，

只像个悲伤的奴隶，没别的念头，

只想：你使你周围的人们多高兴。

"我也不敢质疑"（Nor dare I question）这个词组可以说概括了本诗所描述的爱情之主仆关系中，诗人的绝对卑微的地位。比起处理类似主题的商籁第26首，商籁第57首中大量出现的表现苦涩、哀怨、嫉妒等晦暗情绪的词语

（world-without-end, bitterness, absence, sour, jealous, sad, ill）让这首诗蒙上了"怨歌"（plaint/complaint）的阴霾。在第 26 首中让诗人心甘情愿在爱情中臣服的主君，在第 57 首中有恃宠而骄、变为暴君的嫌疑。"暴君"的主题虽然要到黑夫人组诗中才会正式登场，在这首怨歌基调的献给俊友的情诗中却已经初露端倪。是深切的爱，及其在恋爱关系中的不被回馈，造成了诗人和俊友双方地位的不平等；俊友可以随意调遣诗人的时间，对他召之即来，诗人却只有在焦躁和嫉妒中掐着钟表度日如年，随时等候俊友的差遣。

这种对恋爱中不平等的心理时间的入木三分的刻画，以及对折磨自己又给自己带去安慰的爱人的矛盾情感的剖析，不仅能引起读者的共情，也让读者更倾向于相信俊美青年组诗的素材有其现实依据。对句中，诗人说爱情让爱着的人变傻，甚至爱情本身就是个傻子，因此能够让被爱者为所欲为自己却无怨无悔：

So true a fool is love, that in your will,
Though you do anything, he thinks no ill.
爱真像傻瓜，不管你在干什么，
他总是以为你存心好，不算什么。

自由意志（will）独属于被爱者，而处于仆从地位的爱慕者只能服侍（tend）。至于这个过程中后者是否真如自己所说的那样"毫无哀怨的想法"，我们在读完下一首商籁（本诗的镜像诗）后，或许会有所判断。

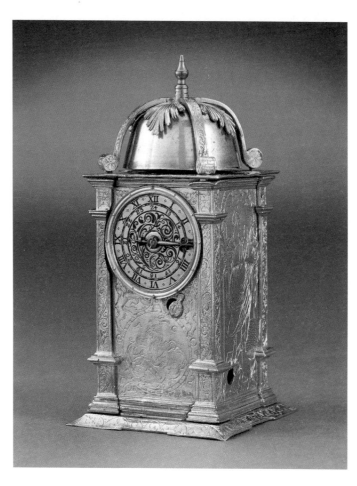

文艺复兴钟楼式时钟，约 1570 年德国

造我做你的奴隶的神，禁止我
在我的思想中限制你享乐的光阴，
禁止我要求你算清花费的时刻，
是臣仆，我只能伺候你的闲情！

呵，让我忍受（在你的吩咐下）
囚人的孤独，让你逍遥自在，
我忍受惯了，你对我一声声责骂，
我也容忍，不抱怨你把我伤害。

你爱上哪儿就上哪儿：你的特权
大到允许你随意支配光阴：
你爱干什么就干什么，你也完全
有权赦免你自己干下的罪行。

　　即使是蹲地狱，我也不得不等待；
　　并且不怪你享乐，无论好歹。

That god forbid, that made me first your slave,
I should in thought control your times of pleasure,
Or at your hand the account of hours to crave,
Being your vassal, bound to stay your leisure!

O! let me suffer, being at your beck,
The imprison'd absence of your liberty;
And patience, tame to sufferance, bide each check,
Without accusing you of injury.

Be where you list, your charter is so strong
That you yourself may privilage your time
To what you will; to you it doth belong
Yourself to pardon of self-doing crime.

    I am to wait, though waiting so be hell,
    Not blame your pleasure be it ill or well.

商籁第 58 首是商籁第 57 首的双联诗，主人与扈从之间的角色反差被刻画得更加鲜明，而全诗的核心动词则是"等待"以及等待中承受的"苦难"。莎士比亚同时代最杰出的宫廷诗人菲利普·西德尼爵士在其十四行诗系列《爱星者与星》（*Astrophel and Stella*）第 2 首和第 47 首中曾于多处将深陷爱情无力自拔的遭遇称作"失去自由"或"忍受暴行"：

Now even that footstep of lost liberty

Is gone, and now, like slave born Muscovite

I call it praise to suffer tyranny.（Sonnet 2）

现在，就连失去的自由的脚步声

都消失了，现在，如同生来为奴的莫斯科人

我把忍受暴行称之为赞美

（包慧怡 译）

What, have I thus betrayed my liberty?

Can those black beams such burning marks engrave

In my free side? or am I born a slave,

Whose neck becomes such yoke of tyranny?（Sonnet 47）

什么，我就这样出卖了我的自由吗?

难道那些黑色的目光能在我的自由身上

刻下如此滚烫的标记? 我难道天生是奴隶
脖子变成了这暴行的轭?

(包慧怡 译)

商籁第 58 首同样提到爱情中自由的丧失和沦为奴隶的处境。第一节中,诗人说起初是一位神明让自己做了"你的奴隶",这位显然掌管爱情的神可以是 god 也可以是 goddess,很可能是小爱神丘比特(希腊神话中爱欲之神爱若斯[Eros]的罗马版本),也可能是罗马神话中他的母亲维纳斯。诗人对俊友一腔痴情的始作俑者,这位未被明确点名的爱神,"禁止"诗人产生任何企图限制俊友寻欢作乐的念头,严禁"我"试图盘点"你"如何消磨光阴,因为爱神一开始就以中世纪封建制度和骑士文学的词汇,规定了这场恋爱中的主从关系:"我"是扈从(vassal),"你"是主公(liege lord)。

That god forbid, that made me first your slave,
I should in thought control your times of pleasure,
Or at your hand the account of hours to crave,
Being your vassal, bound to stay your leisure!
造我做你的奴隶的神,禁止我
在我的思想中限制你享乐的光阴,

禁止我要求你算清花费的时刻，

是臣仆，我只能伺候你的闲情！

第二节中，诗人进一步强调自己作为扈从对其主君的唯命是从（being at your beck），并用一个矛盾修饰词组（冤亲词），将这种遭遇比喻成一座自由的监狱，确切地说是"你的自由"所造成的"你"的缺席，造就了"我的监狱"：

O! let me suffer, being at your beck,

The imprison'd absence of your liberty;

And patience, tame to sufferance, bide each check,

Without accusing you of injury.

呵，让我忍受（在你的吩咐下）

囚人的孤独，让你逍遥自在，

我忍受惯了，你对我一声声责骂，

我也容忍，不抱怨你把我伤害。

"忍耐""等待"和"受苦"本为同源词。莎士比亚使用的现代英语名词"耐心"（patience）来自中古英语名词（pacience），来自拉丁文名词 *patientia*，进一步源于拉丁文第一人称单数动词"我忍耐、承受、等待"（*patior*），与现代英语名词"受难"（Passion）同源。与之相近，"坚忍"

（sufferance）这个现代英语名词则来自盎格鲁-诺曼法语 suffraunce，可追溯到晚期拉丁文名词 *sufferentia*。诗人在第二节中连续使用 suffer、patience、sufferance，强调了等待的难熬，而受苦却不出口抱怨或申诉（Without accusing you of injury），恰恰是"坚忍"这一品质的核心内涵。第三节表现的依然是"你"为所欲为的特权与"我"沉默的服从之间的对比：

Be where you list, your charter is so strong

That you yourself may privilage your time

To what you will; to you it doth belong

Yourself to pardon of self-doing crime.

你爱上哪儿就上哪儿：你的特权

大到允许你随意支配光阴：

你爱干什么就干什么，你也完全

有权赦免你自己干下的罪行。

　　诗人用了通常用来指王家颁布的法律文献的 charter 一词来描述俊美青年的主权。金雀花王朝的约翰王（King John）在 1215 年颁布的《大宪章》的名字正是 *Magna Carta*，拉丁文名词 *carta* 也是英文 charter 的词源，最初是指任何正式书写在羊皮或其他媒介上的契约、文献。此处选用 charter 一词（your charter is so strong），可谓将俊友在两人关系中拥有的绝对权威毫无保留地展现出来："你"不仅可以借着这份源自爱神的契约来去自由（Be where you list）、为所欲为（to what you will），甚至可以借助它的效力来为自己赦罪，哪怕这份罪过是"自造孽"（self-doing crime）的结果。

商籁第 58 首的对句延续了商籁第 57 首对句的基调："我"决定且必须等待（I am to wait），哪怕等待令"我"感到身处地狱；"我"也无法责备"你"，无论"你"寻找的乐子"是善是恶"。与表面的字句不同，诗人早已对青年寻欢作乐的性质作出了判断，正如我们也无法将对句中的"无法责备"当作诗人内心深处的真实独白：

I am to wait, though waiting so be hell,

Not blame your pleasure be it ill or well.

即使是蹲地狱，我也不得不等待；

并且不怪你享乐，无论好歹。

约翰王 1215 年《大宪章》，今藏大英图书馆

假如除原有的事物以外，世界上
没新的东西，那么，我们的脑袋，
苦着想创造，就等于教自己上当，
白白去孕育已经出世的婴孩！

呵，但愿历史能回头看已往
（它甚至能追溯太阳的五百次运行），
为我在古书中显示出你的形象，
既然思想从来是文字所表明。

这样我就能明了古人会怎样
述说你形体的结构是一种奇观；
明了究竟是今人好，还是古人强，
究竟事物变不变，是不是循环。

　　呵！我断言，古代的天才只是
　　给次等人物赠送了美言和赞辞。

If there be nothing new, but that which is
Hath been before, how are our brains beguil'd,
Which labouring for invention bear amiss
The second burthen of a former child.

Oh that record could with a backward look,
Even of five hundred courses of the sun,
Show me your image in some antique book,
Since mind at first in character was done,

That I might see what the old world could say
To this composed wonder of your frame;
Whether we are mended, or where better they,
Or whether revolution be the same.

Oh sure I am the wits of former days,
To subjects worse have given admiring praise.

作为抒情诗人的莎翁是旧时代的拾穗人，也是新世界的开荒者，是自觉与往昔书写传统角力过招的古书崇拜者，也是不自觉召唤出未来之书的通灵者。在"作者意识"从中世纪式转向文艺复兴式、从匿名和幕后转向署名和台前的 16 世纪，大部分早期印刷术时代的"作者"（拉丁文 *auctor*）依然将自己理解成手抄本时代亲笔写书的"书籍制作者"（book-makers）中的一员，莎士比亚也不例外。*Liber liberum aperit*（一本书打开另一本），通过聚焦十四行诗集中俯拾即是的"书籍"隐喻，我们或许能找到通向"作者"莎士比亚内心的关键一页。

本诗的核心论证并不复杂，它起于对《旧约·传道书》中的古训"日光之下并无新事"（*nihil novum sub sole*）的沉思。确切地说，第一节四行诗探索的是创作者的手艺是否可能赶超古人，那些苦心经营的艺术家（此处尤指诗人）是否不过是"再次产下了前代已有的婴孩"（... labouring for invention bear amiss/The second burthen of a former child）。在第二、第三节四行诗中，诗人要求历史向前回溯五百年甚至更久——在莎士比亚时代和更早时代的英语中，hundred 这个词可以表示 120，因此太阳运行 500 周需要的时间可能是 600 年[1]——然后向过去世代的诗人发出了挑战式的祈愿：

1 See G. R. Legder, http://www.shakespeares-sonnets.com/sonnet/59.

Oh that record could with a backward look,

Even of five hundred courses of the sun,

Show me your image in some antique book,

Since mind at first in character was done

呵，但愿历史能回头看已往

（它甚至能追溯太阳的五百次运行），

为我在古书中显示出你的形象，

既然思想从来是文字所表明。

　　这里"你的形象"（your image）自然指俊美青年，但祈愿对象却是"古书"（antique book）的作者，即过去时代的所有诗人。既然"心灵最早是由文字（character）记载"，那就让"我"看看，五六百年前乃至人类历史上的一切"古书"中，是否用文字刻画过如"你"一般卓越的佳人。"书籍"一直是莎士比亚核心象征系统的构件，这一部分反映了早期现代英国文学传统对中世纪修辞的继承，另一方面也是莎士比亚个人才智的体现——尽管本·琼森讥讽莎翁"少谙拉丁，更鲜希腊"，四百多年来围绕"莎士比亚的书架"（莎士比亚读过什么）的研究越来越显示他虽然算不上学者，却绝对称得上博览群书。1759 年，英国诗人爱德华·杨（Edward Young）在《原创计划》（*Conjectures on Original Composition*）中更是称莎士比亚为一位掌握了"自然之书与人类之书"的作家。[1] 在更直白的意义上,莎翁及其同时代人常常把人的面孔比作一本书,这一奇喻直接继承自古典和中世纪文学,比如莎翁熟读的但丁就曾从人面上看到了 OMO 的字母组合——在意大利语中,OMO 读音近似 uomo(意大利语"人"),来自 *homo*(拉丁文"人")。但丁以下这三行诗可谓将音、形、意巧妙地结合到了一张人面上:

> 亡魂的眼眶像戒指的宝石被抠。
>
> 有谁在众脸读出 OMO 这个字符,
>
> 就会轻易看见字母 M 的结构。[2]

比莎士比亚早出生两代的英国诗人约翰·海伍德(John Heywood, 1497—1580)曾将当时在位的苏格兰女王玛丽·都铎(Mary Tudor, 1516—1568,伊丽莎白一世之后继任英格兰国王的詹姆士一世的母亲)的脸比作令人手不释卷的书:

> The virtue of her lively looks
> Excels the precious stone;
> I wish to have non other books
> To read or look upon.[3]

1 R. Ernst Curtius, *European Literature and the Latin Middle Ages*, p. 439.

2 但丁,《神曲·炼狱篇》,黄国彬译,第 332 页。

3 R. Ernst Curtius, *European Literature and the Latin Middle Ages*, p.453.

她鲜活的容颜

卓越胜过宝石；

除此我再不愿

读览其他书卷。

（包慧怡 译）

莎士比亚戏剧中在"人面""人的形象"与"书籍"之间建立联系的例子同样比比皆是。譬如《错误的喜剧》第五幕第一场中，莎士比亚借伊勒之口哀叹"人脸"这本书如何被忧愁"改写"："唉！自从我们分别以后，忧愁已经使我大大变了样子，/年纪老了，终日的懊恼/在我的脸上刻下了难看的痕迹。"再如《麦克白》第一幕第五场中，麦克白夫人向丈夫传授用面部神态这本书去欺骗的技艺："您的脸，我的爵爷，正像一本书，人们/可以从那上面读到奇怪的事情。"又如《理查二世》第四幕第一场中，被迫退位的理查索要一面镜子，好借着它阅读自己的"面孔之书"，同时间接地对篡位者波林勃洛克（后来的亨利四世）发出控诉："他们将会得到满足；当我看见那本记载着我的一切罪恶的书册（book），/也就是当我看见我自己的时候，/我将要从它上面读到许多事情。/把镜子给我，我要借着它阅读我自己（wherein will I read）。"人用自己的悲喜、离合、善恶、一切过往的经验刻画自己的面孔，用一生所历书写自己的"脸书",他是自己人生之书的唯一作者,通常也是唯一真正留心的读者,如同理查二世那样(虽然为时已晚)。这般洞见与修辞天衣无缝的结合,是莎士比亚比同样嗜好书籍隐喻的前辈诗人但丁走得更远之处。

或许莎剧中关于"人面之书"的最华丽的辞章出自《罗密欧与朱丽叶》。第一幕第三场中,朱丽叶的母亲凯普莱特夫人向女儿介绍她的求婚者帕里斯,并把后者比作一卷"美好的书"(fair volume)、一本"珍贵的恋爱的经典"(precious book of love);进一步说帕里斯这本书尚未装帧(unbound),缺少封面(lacks a cover),而朱丽叶正应该嫁给这个男人,去做他的"封面",使这本书尽善尽美:"从年轻的帕里斯的脸上,你可以读到用秀美的笔写成的迷人诗句;一根根齐整的线条,交织成整个一幅谐和的图画;要是你想探索这一卷美好的书中的奥秘,在他的眼角上可以找到微妙的诠释。这本珍贵的恋爱的经典,只缺少一帧可以使它相得益彰的封面;正像游鱼需要活水,美妙的内容也少不了美妙的外表陪衬。记载着金科玉律的宝籍,锁合在漆金的封面里,它的辉煌富丽为众目所共见;要是你做了他的封面,那么他所有的一切都属于你所有了。"通过将男子比作书籍的"内容"而将女子比作陪衬的"外表"和"封皮",莎翁不动声色地暗示了这段起于父母之命的婚姻安排注定不会有结果,朱丽叶这样的女子注定要在更平等的关系中追求自己的幸福，即使潜在的代价是付出生命。

　　在十四行诗集中，"书册"（book）一词总共出现了六次，其他表示各类具体书籍形式的近义词则数不尽数。商籁第 59 首中的"古书"虽然以单数形式出现（some antique book），却指向过去以手抄、拓印等方式流传于人世的一切书籍。因为诗人的修辞意图是"明了古人会怎样 / 述说你形体的结构是一种奇观"，看看是往昔的诗人在描摹美貌方面做得更出色，还是"我"改良和超越了他们所有人，或者说第一行中关于日光之下无新事的古谚终究是对的："我"的创作比起古人是原地踏步，并无实质变化（revolution be the same）。revolution 一词在早期现代英语中并不用来指更新换代的"革命"，而仅指时间的流逝，或一般的无常变迁：

That I might see what the old world could say

To this composed wonder of your frame;

Whether we are mended, or where better they,

Or whether revolution be the same.

这样我就能明了古人会怎样

述说你形体的结构是一种奇观；

明了究竟是今人好，还是古人强，

究竟事物变不变，是不是循环。

582

诗人的答案当然是斩钉截铁的，在第三节四行诗中提出的三种可能性中，是第二种，比起古书，比起过去的诗人们，"我们更好"（we are mended）。这份荣耀共同归于你我，是作为作者的"我"和作为主题（subjects）的"你"合作的结果，因为过去时代的"才智"（对句中的 wits，类似于第二行中的 brains），也即拥有这些才智的诗人们，他们赞颂的主题远远比不上"你"（Oh sure I am the wits of former days, /To subjects worse have given admiring praise）。"你"成了前无古人的美之主题，"你"本身的卓越决定了"我"的艺术的卓越。由于确信古代诗人缺乏"我"因"你"无双的美貌得到的优势，诗人也就能颇为自信地断言，正如过去从未有人如"你"一般美，往昔一切"古书"在描摹"美"这一领域也就无一能超越"我"写下的这本十四行诗集。莎士比亚这种借戏剧冲突之语境悄然将自己"写入经典"的手法我们还会不断看到。

《但丁眺望炼狱山》，阿涅奥罗·布朗奇诺
（Agnolo Bronzino），约 1540 年

正像海涛向卵石滩头奔涌，
我们的光阴匆匆地奔向灭亡；
后一分钟挤去了前一分钟，
接连不断地向前竞争得匆忙。

生命，一朝在光芒的海洋里诞生，
就慢慢爬上达到极峰的成熟，
不祥的晦食偏偏来和他争胜，
时间就捣毁自己送出的礼物。

时间会刺破青春表面的彩饰，
会在美人的额上掘深沟浅槽；
会吃掉稀世之珍：天生丽质，
什么都逃不过他那横扫的镰刀。

可是，去他的毒手吧! 我这诗章
将屹立在未来，永远地把你颂扬。

Like as the waves make towards the pebbled shore,

So do our minutes hasten to their end;

Each changing place with that which goes before,

In sequent toil all forwards do contend.

Nativity, once in the main of light,

Crawls to maturity, wherewith being crown'd,

Crooked eclipses 'gainst his glory fight,

And time that gave doth now his gift confound.

Time doth transfix the flourish set on youth

And delves the parallels in beauty's brow,

Feeds on the rarities of nature's truth,

And nothing stands but for his scythe to mow:

And yet to times in hope, my verse shall stand.

Praising thy worth, despite his cruel hand.

商籁第 60 首的地位，和商籁第 12 首（《紫罗兰惜时诗》）一样重要，两者的主题同样是时间。在 1609 年的初版对开本中，"时间"这个单词在两首诗中同样出现了三次（两次小写，一次大写）。恰如时钟上指示着十二个时辰，每小时也有六十分钟。出现在十四行诗系列这个特定位置的商籁第 60 首，如果仅读前 12 行，甚至可以被看作一首惜时诗。《紫罗兰惜时诗》写了时间摧残万物的两种模式（被动和主动），商籁第 60 首继续了这一主题，聚焦于其主动出击的类似于死神的"严酷的收割者"（Grim Reaper）形象。商籁第 60 首第 2 行中直接出现了"分钟"（minutes）一词，仿佛在提醒读者光阴的逝去：

Like as the waves make towards the pebbled shore,

So do our minutes hasten to their end;

Each changing place with that which goes before,

In sequent toil all forwards do contend.

正像海涛向卵石滩头奔涌，

我们的光阴匆匆地奔向灭亡；

后一分钟挤去了前一分钟，

接连不断地向前竞争得匆忙。

诗人将一分钟一分钟向前"推挤"的时间比作涌上卵

石海滩的波浪，这本身是一个寻常的譬喻。不过，乔纳森·贝特等学者认为本诗对时间属性的描述深受奥维德影响，其三节四行诗在《变形记》卷十五中均有对应的源章节。奥维德在该卷中借毕达哥拉斯之口教谕道："我现在在大海上航行，任凭海风吹满我的帆篷。宇宙间一切都无定形，一切都在交易，一切形象都是在变易中形成的。时间本身就像流水，不断流动；时间和流水都不能停止流动，而是像一浪推一浪，后浪推前浪，前浪又推前浪，时间也同样前催后拥，永远更新。过去存在的，今天就不存在了；过去没有存在过的，今天即将到来。时间永远在翻新。"[1] 类似地，商籁第 60 首第一节描述的是尚未有人类参与的、时间自然流逝的场景，时间只是周而复始地"奔赴终点"（hasten to their end）和"换位"（changing place），没有什么显而易见的动机。但到了第二节四行诗中，人格化的"时间"出现了，其核心性格特征也得到了凸显，那就是"悭吝"：

Nativity, once in the main of light,

Crawls to maturity, wherewith being crown'd,

Crooked eclipses 'gainst his glory fight,

And time that gave doth now his gift confound.

生命，一朝在光芒的海洋里诞生，

1 奥维德、贺拉斯，《变形记·诗艺》，第 410 页。

就慢慢爬上达到极峰的成熟，

不祥的晦食偏偏来和他争胜，

时间就捣毁自己送出的礼物。

这节中描述的从"出生"（nativity）到"成熟"（maturity）的生命历程是一个典型莎士比亚式的双重隐喻：既指一日内太阳在海面上东升西落的旅程，又指人的一生。此处的 main 指大海（拉丁文 *mare*，法语 mer），开阔海面上的日出固然壮丽，当它"爬"（crawls）上中天，爬到宛如被"加冕"（crown'd）的最高点，其命运就将急转直下，被"扭曲的"（crooked）日蚀侵袭而失去荣光。无论日蚀还是月蚀，在文艺复兴时期都被看作灾祸和不幸的先兆，明亮的天体被看作在蚀相中与黑暗作着艰苦斗争，一如壮年为了保住其芳华而与暮年斗争（'gainst his glory fight）——当然是注定失败的斗争。曾经慷慨给予生命的时间（time that gave）现在却变得悭吝，亲手摧毁了自己的馈赠（doth now his gift confound）。该节中用一系列头韵动词（crawls/crown'd/crooked/confound）追溯了人如海面上的太阳一般三段式的生命旅程：日出——"爬行"的婴儿，日中——"加冕"的青壮年，日蚀——暮年。诗人是将青年和中年／壮年合并为一个时期来谈论的，两者共同形成一个人最好的年华，对应太阳的"如日中天"，也即其他商籁中出现过的 middle age（盛年）这个词。这一描述在《变形记》卷十五中亦有迹可循："日神的圆盾从地面升起的时候是朱红的；在落山的时候，也是朱红的；而在当头的时候则是雪白的，因为天顶的气最清，离开污浊的尘世最远……婴儿见了天光，但是还只能仰卧着，毫无气力。不久，他就会手足并用，像牲畜一样地爬行了……此后，他便矫健敏捷，度过了青年时期。等到中年过去，他便走上了下坡路，到了老年。这时，早年的气力耗尽了，衰退了。"[1]

而莎士比亚此诗中的创新在于用更"不详"甚至是"邪恶"的日蚀（crooked 可指心灵的扭曲，譬如在 a crooked mind 中）来替代奥维德式的自然的日落，也就更好地衔接了第三节四行诗中时间蓄意破坏甚至是"行凶"的凶恶形象——"时间会刺破青春表面的彩饰，／会在美人的额上掘深沟浅槽"（Time doth transfix the flourish set on youth/ And delves the parallels in beauty's brow）。动词 transfix（刺破）来自拉丁文过去分词 *transfixus*，其动词原形是 *transfigere*，由 *trans-*（穿过）+ *figere*（固定，刺透）构成，我们可以说 transfix butterfly specimens to the collection board（用针把蝴蝶标本固定在标本柜中）。时间如一根长矛刺过青春的芳华，把原本鲜活的生命固定在一种永恒的"死后僵硬"（*rigor mortis*）中；时间还在美人的眉毛（美的堡垒）中挖掘壕沟来摧毁美，类似的表述在其他商籁中也

1 奥维德、贺拉斯，《变形记·诗艺》，第 410—411 页。

可以找到，比如商籁第 2 首的开篇（"四十个冬天将围攻你的额角，/ 将在你美的田地里挖浅沟深渠"）。至此，自然主义的"时间"已经彻底完成了人格化，甚至是"神格化"，第一节中海浪般自然奔涌的"分钟"站到了"自然"的反面，变成了吞噬自己孩子的时间之神克罗诺斯，变成了手握镰刀的"严酷的收割者"，变成了死神本身（Feeds on the rarities of nature's truth, /And nothing stands but for his scythe to mow）。

只有到了这里，全诗的终点处，诗人才向"你"发出了金声玉振的表白，一种捍卫美的决心，也是一种"元诗"式的祈愿：唯愿"我"的诗屹立千古，永远赞颂"你"的美德，无论时光之手多么残酷。这里的"手"是神话中收割生命的时光–克罗诺斯–死神握镰刀的手，更是机械钟表上的时针（hand）——至此，本诗也如时针在表面跑完一圈，回到原点，但原点早已不是出发时的原点：

And yet to times in hope, my verse shall stand.
Praising thy worth, despite his cruel hand.
可是，去他的毒手吧！我这诗章
将屹立在未来，永远地把你颂扬。

结构上，商籁第 60 首是一首典型的 4+4+4+2 式莎士比亚商籁，迟来的转折段虽然在最后的对句中才出现，却矢志要与之前的 12 行对抗到底。类似的结构在同样处理光阴流逝的商籁第 73 首中也可以看到。

经典塔罗大阿卡纳中的第十三张牌"死神"，
常被看作"时间"的一个化身

是你故意用面影来使我面对
漫漫的长夜张着沉重的眼皮?
是你希望能打破我的酣睡,
用你的影子来玩弄我的视力?

是你派出了你的魂灵, 老远
从家乡赶来审察我干的事情;
来查明我怎样乱花了空闲的时间,
实现你猜疑的目的, 嫉妒的用心?

不啊! 你的爱虽然多, 还没这样大;
使我睁眼的是我自己的爱;
我对你真爱, 这使我休息不下,
使我为你扮守夜人, 每夜都在:

　　我为你守夜, 而在老远的地方,
　　你醒着, 有别人紧紧靠在你身旁。

Is it thy will, thy image should keep open
My heavy eyelids to the weary night?
Dost thou desire my slumbers should be broken,
While shadows like to thee do mock my sight?

Is it thy spirit that thou send'st from thee
So far from home into my deeds to pry,
To find out shames and idle hours in me,
The scope and tenure of thy jealousy?

O, no! thy love, though much, is not so great:
It is my love that keeps mine eye awake:
Mine own true love that doth my rest defeat,
To play the watchman ever for thy sake:

    For thee watch I, whilst thou dost wake elsewhere,
    From me far off, with others all too near.

在莎士比亚这里，夜晚始终是相思和对着缺席的爱人诉说相思的时刻，是无法相伴的恋人们辗转难眠、千头万绪的时刻。在商籁第27首和商籁第28首这对双联诗中，我们已经看到过夜色使得诗人产生了何等丰富的幻视，他可以终宵瞪着黑暗，直到思念化身香客去向爱人朝圣："劳动使我疲倦了，我急忙上床，／来好好安歇我旅途劳顿的四肢；／但是，脑子的旅行又随即开场，／劳力刚刚完毕，劳心又开始。"（ll.1–4, Sonnet 27）他也可以因为试图平息假想中白天与黑夜对他爱人的争夺，而终夜不得安眠："我就讨好白天，说你辉煌灿烂，／不怕乌云浓，你能把白天照亮：／也恭维黑夜，说如果星星暗淡，／你能把黑夜镀成一片金黄。"（ll.9–12, Sonnet 28）或是如商籁第43首（《夜视玄学诗》）中那样，赋予情人的幻影转换昼夜的魔力："不见你，个个白天是漆黑的黑夜，／梦里见到你，夜夜放白天的光烨！"（ll.13–14, Sonnet 43）。

而商籁第61首的核心动词是"守夜"（watch）。这首诗用前两节四行诗的三个问句和第三节对上述问题的回答串起通篇论证，全诗的转折段也出现在第三节中。之前的八行诗中，诗人都试图将自己失眠的痛苦以一种被问句柔和化了的语调，"归咎"于不在身边的恋人：

Is it thy will, thy image should keep open

My heavy eyelids to the weary night?

Dost thou desire my slumbers should be broken,

While shadows like to thee do mock my sight?

是你故意用面影来使我面对

漫漫的长夜张着沉重的眼皮?

是你希望能打破我的酣睡,

用你的影子来玩弄我的视力?

Is it thy spirit that thou send'st from thee

So far from home into my deeds to pry,

To find out shames and idle hours in me,

The scope and tenure of thy jealousy?

是你派出了你的魂灵,老远

从家乡赶来审察我干的事情;

来查明我怎样乱花了空闲的时间,

实现你猜疑的目的,嫉妒的用心?

　　诗人问道,是不是"你的意志"(thy will)、"你的形象"(thy image)、"你的精神"(thy spirit)、"你的嫉妒"(thy jealousy),是不是缺席的"你"从远处派出了这一切,好来"监测我的行动"(into my deeds to pry),看"我"是否保持忠贞不渝?第三节四行诗立刻对所有这些问题作出了否定：不是的，"你"对"我"并未爱到会如此嫉妒、如此不安的程度。关于"你"会如偷偷派出间谍般派出自己的形象和精神，来监视"我的行动"——这种热恋中人才有的体现出强烈占有欲的事，"你"并没有做——连这些念头都是"我"的想象。如果"你"真的这么做了，那或许还能带来安慰，至少"我"可以确信"你"仍在乎"我"。但现实是，"你的爱……还没这样大"，并没有大到派出魑魅魍魉干扰"我"睡眠的地步，真正让"我"辗转难眠的，是"我"自己心中的爱，是这份单方面的爱让"我"终夜为"你"守夜：

O, no! thy love, though much, is not so great:

It is my love that keeps mine eye awake:

Mine own true love that doth my rest defeat,

To play the watchman ever for thy sake

不啊! 你的爱虽然多，还没这样大；

使我睁眼的是我自己的爱；

我对你真爱，这使我休息不下，

使我为你扮守夜人，每夜都在

而此时，在"我"思念的夜色中被守护的"你"又在哪里呢?"你"很可能正在别人身边醒来，"与别人靠得太近"。对句中再次点出"我为你守夜"的主题，并用另一个本可以表示"守夜"的动词 wake 来描述"你"的所为——詹姆斯·乔伊斯的《芬尼根守灵夜》(*Finnegan's Wake*) 恰恰使用了 wake 一词表示"守夜"。商籁第 61 首的对句是无比苦涩的：相爱的人本应互相守夜，若他们在长夜里无法陪伴在彼此身边，但"你我"之间的反差在于，当"我守夜"(watch I) 时，"你"却在别人身边"醒来"(wake)。

For thee watch I, whilst thou dost wake elsewhere,

From me far off, with others all too near.

我为你守夜，而在老远的地方，

你醒着，有别人紧紧靠在你身旁。

1599 年，在书商威廉·贾加德 (William Jaggard) 未经莎士比亚同意就冠上他的名字缩写 (W. Shakespeare) 出版的抒情诗集《激情的朝圣者》(*The Passionate Pilgrim*) 中，通常被编为第 14 首的《晚安，好睡》(*Good Night, Good Rest*) 一诗，处理的主题和修辞风格都与商籁第 61 首颇相似。虽然现代学者通常认为《激情的朝圣者》中只有 5 首诗确实出自莎士比亚之手（并不包括《晚安，好睡》，该诗的确切作者至今没有定论），但该诗叙事者通篇描述的"心与钟表的较量"，以及爱人不在身边时"分钟汇聚成小

时……每分钟都似一个月那么长”的内心活动，依然值得
拿来与商籁第 61 首对参阅读：

Good Night, Good Rest

Lord! how mine eyes throw gazes to the east;

My heart doth charge the watch; the morning rise

Doth cite each moving sense from idle rest.

Not daring trust the office of mine eyes,

While Philomela sits and sings, I sit and mark,

And wish her lays were tuned like the lark;

…

Were I with her, the night would post too soon;

But now are minutes added to the hours;

To spite me now, each minute seems a moon;

Yet not for me, shine sun to succour flowers!

Pack night, peep day; good day, of night now borrow:

Short, night, to-night, and length thyself to-morrow.

(ll.13–18, 25–30)

晚安，好睡

神啊！我的眼如何将目光抛向东方；

我的心值班守夜；白日骤升

从慵懒中激起每种活动的感官。

不敢信任我自己双眼的轮值，

当夜莺坐着歌唱，我端坐聆听，

惟愿她的歌谣能有云雀的调式。

……

若我能共她一处，夜晚会转瞬即逝；

如今却一分分叠加在一个个时辰上；

为了把我轻蔑，每分钟都漫长如月；

太阳却并非为我闪耀，把花儿帮持！

打点夜晚，窥探白日；好白日，现在借过夜晚：

今夜让黑夜变短吧，明天，延长你自身。

（包慧怡 译）

THE
PASSIONATE
PILGRIME.

By W. Shakespeare.

AT LONDON
Printed for W. Iaggard, and are
to be fold by W. Leake, at the Grey-
hound in Paules Churchyard.
1599.

1599 年未经莎士比亚同意而冠其名字出版的
"盗版诗集"《激情的朝圣者》封面

自爱这罪恶占有了我整个眼睛，
整个灵魂，以及我全身各部；
对这种罪恶，没有治疗的药品，
因为它在我的心底里根深蒂固。

我想我正直的形态，美丽的容貌，
无匹的忠诚，天下没有人比得上！
我要是给自己推算优点有多少，
那就是：在任何方面比任谁都强。

但镜子对我显示出：又黑又苍老，
满面风尘，多裂纹，是我的真相，
于是我了解我自爱完全是胡闹，
老这么爱着自己可不大正当。

我赞美自己，就是赞美你（我自己），
把你的青春美涂上我衰老的年纪。

Sin of self-love possesseth all mine eye
And all my soul, and all my every part;
And for this sin there is no remedy,
It is so grounded inward in my heart.

Methinks no face so gracious is as mine,
No shape so true, no truth of such account;
And for myself mine own worth do define,
As I all other in all worths surmount.

But when my glass shows me myself indeed
Beated and chopp'd with tanned antiquity,
Mine own self-love quite contrary I read;
Self so self-loving were iniquity.

'Tis thee, —myself, —that for myself I praise,
Painting my age with beauty of thy days.

商籁第 62 首又是一首"镜迷宫"商籁，表面上看起来，这是一首关于错位的自恋及其反省的诗。第一节中，诗人就把"自爱"（self-love）称为"一种罪"，如果说迷恋自己的水中倩影的美少年纳西索斯的自恋首先是通过眼睛发生的，那么此诗中叙事者的自恋则不仅通过眼睛，还通过灵魂，以及"每个部分"发生，这种"无药可救"的自恋植根于诗人的"心"：

Sin of self-love possesseth all mine eye

And all my soul, and all my every part;

And for this sin there is no remedy,

It is so grounded inward in my heart.

自爱这罪恶占有了我整个眼睛，

整个灵魂，以及我全身各部；

对这种罪恶，没有治疗的药品，

因为它在我的心底里根深蒂固。

这是我们在整本诗集中第一次听见诗人说他沉迷于自己的面庞。在之前的商籁中，所有关于外在美貌的赞扬都是留给俊美青年的，在本诗中，我们却发现诗人一反常态、心眼合一地夸耀自己的"面容"（face）和"形体"(shape)。"照镜子"是个属于自恋者的经典动作，在中世纪与文艺复兴关于七宗罪主题的艺术作品中，画家或雕刻家常用一个背对观者的照镜人形象来表示"骄傲"（superbia）这一基督教语境下的首罪。然而本诗中照镜人的骄傲却并未维系很久，到了第三节中，诚实的镜子就让诗人看见了自己容貌的真相：风烛残年，肤色黧黑，遍布皱纹。这就使照镜者陷入了自省，原来之前的自恋都是基于错误的幻觉，他的自我认知一直是错位的，如此错置的自爱更是大错特错：

But when my glass shows me myself indeed
Beated and chopp'd with tanned antiquity,
Mine own self-love quite contrary I read;
Self so self-loving were iniquity.
但镜子对我显示出：又黑又苍老，
满面风尘，多裂纹，是我的真相，
于是我了解我自爱完全是胡闹，
老这么爱着自己可不大正当。

"照镜"作为戏剧人物自我反省和玄学独白的导火索，在莎士比亚的戏剧作品中可谓层出不穷。譬如《哈姆雷特》第三幕第四场中，哈姆雷特对生母格特鲁德说："来，来，坐下来，不要动；我要把一面镜子放在你的面前，让你看

一看你自己的灵魂。"（朱生豪 译）

《理查二世》第四幕第一场中，被迫退位的理查二世对镜自伤的独白也堪称经典："把镜子给我，我要借着它阅读我自己。还不曾有深一些的皱纹吗？悲哀把这许多打击加在我的脸上，却没有留下深刻的伤痕吗？啊，谄媚的镜子！正像在我荣盛的时候跟随我的那些人们一样，你欺骗了我。这就是每天有一万个人托庇于他的广厦之下的那张脸吗？这就是像太阳一般使人不敢仰视的那张脸吗？这就是曾经'赏脸'给许多荒唐的愚行、最后却在波林勃洛克之前黯然失色的那张脸吗？一道脆弱的光辉闪耀在这脸上，这脸儿也正像不可恃的荣光一般脆弱，瞧它经不起用力一掷，就碎成片片了。沉默的国王，注意这一场小小的游戏中所含的教训吧，瞧我的悲哀怎样在片刻之间毁灭了我的容颜。"（朱生豪 译）

再如《理查三世》第一幕第一场中理查三世的独白："可是天生我畸形，不适于戏谑，也无从向含情的明镜前讨欢爱；我粗陋成相，比不上爱神的仪容，焉能在裊娜的仙姑前昂首阔步；我既被卸除了一切匀称的外表，欺人的造化骗去我种种貌相，残缺不全，时日还不及成熟，便送来这喘息的人际，不过半成型，加之，我如此跛踬，如此地不合时，甚至狗儿见我跛足而过，也要对我吠叫……"（梁实秋 译）

而商籁第 62 首的对句中，揽镜自照带来了顿悟般的觉醒：原来"我"真正爱的不是自己，"我"之所以孤芳自赏，是因为自知写下了美丽的诗行，而这些诗行的来源和主题却是"你"。是"我"自己的认知发生了偏差，误认为描写俊友这般美好之人的"我"自己也是美好的，其实不过是在"用你青春的美貌来藻绘我的暮年"：

'Tis thee, –myself, –that for myself I praise,
Painting my age with beauty of thy days.
我赞美自己，就是赞美你（我自己），
把你的青春美涂上我衰老的年纪。

1623 年出版的莎士比亚戏剧集《第一对开本》的标题页上，有一幅马丁·德罗肖特（Martin Droeshout）所作的镌刻肖像，用来强调该书的内容的确出自威廉·莎士比亚之手。这幅大额头、肿眼皮的莎士比亚肖像也是最为后世熟悉的莎士比亚的作者像。这其貌不扬的肖像页对面的书页却写着一首题为《致读者》（To the Reader）的短诗，作者是莎士比亚的生前友人本·琼森（1572—1637），该诗也被后世称为《论莎士比亚的肖像》（On the Portrait of Shake-speare），其诗如下：[1]

1 戴维·斯科特·卡斯顿，《莎士比亚与书》，第 104—105 页。

To the Reader

Ben Jonson

THE FIGURE that thou here seest put,

It was for gentle SHAKESPEARE cut,

Wherein the graver had a strife

With nature, to out-do the life:

O could he have but drawn his wit

As well in brass, as he has hit

His face; the print would then surpass

All that was ever writ in brass:

But since he cannot, reader, look

Not on his picture, but his book.

致读者

本·琼森

你所看到呈现在此的肖像，

是为了高贵的莎士比亚所作，

雕刻家在其中与自然竞争

试图比真人画得更栩栩如生：

哦，假如他能像刻画他的面容般

用黄铜刻画出他的智慧；

这本印刷书籍就能超越一切

曾用黄铜镌刻下的事物：

然而既然刻工欠缺这份手艺，读者啊

不要看他的肖像，去读他的书。

（包慧怡 译）

"不要看他的肖像，去读他的书。"诗人作为一名照镜者，之所以描绘这一场顾影"自恋"后的幻灭，用意都在全诗最后两行："你"才是"我"的镜子，或者说，关于"你"的、由"我"写下的诗行才是"我"最可靠的镜子。情诗和元诗的主题结合到了一起，诗人最持久的镜子永远是他的作品。

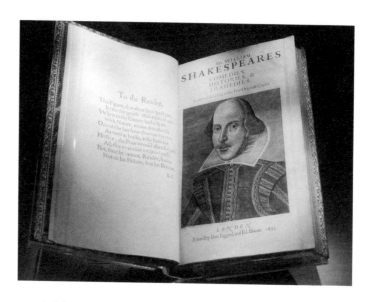

1623 年《第一对开本》莎士比亚肖像页（右）
及琼森题诗页（左）

我爱人将来要同我现在一样，

会被时间的毒手揉碎，磨损；

岁月会吸干他的血，会在他额上

刻满皱纹；他的青春的早晨，

也会走进老年的险峻的黑夜；

他如今是帝王，是一切美的领主，

这些美也会褪去，最后会消灭，

使他失掉他春天的全部宝物；

我怕这时期要来，就现在造碉堡，

预防老年用无情的刀斧来逞威，

使老年只能把他的生命砍掉，

砍不掉他留在后人心中的美。

　　他的美将在我这些诗句中呈现，

　　诗句将长存，他也将永远新鲜。

Against my love shall be as I am now,
With Time's injurious hand crushed and o'erworn;
When hours have drained his blood and filled his brow
With lines and wrinkles; when his youthful morn

Hath travelled on to age's steepy night;
And all those beauties whereof now he's king
Are vanishing, or vanished out of sight,
Stealing away the treasure of his spring;

For such a time do I now fortify
Against confounding age's cruel knife,
That he shall never cut from memory
My sweet love's beauty, though my lover's life:

    His beauty shall in these black lines be seen,
    And they shall live, and he in them still green.

本诗的主题与商籁第60首(《海浪元诗》)十分相似，在某种意义上可以看作后者的第一人称改写版。"时间"的受害者从第60首中抽象的"青春"变成了具体的"我的爱人"，诗人则以"守护者"的身份出现，立誓要在岁月面前捍卫爱人的美，用一种与之匹配的武器。

商籁第60首的最后一个意象"残忍的时光之手"(Praising thy worth, despite his cruel hand, 1.14)在间隔两首诗之后，作为商籁第63首的第一个意象再度登场：时光"有害的"手已经摧残了"我"的容颜(With Time's injurious hand crushed and o'erworn)，这是诗人在商籁第62首中对着镜子得出的真相(… when my glass shows me myself indeed, 1.9)。本诗中，"我"担心的是它会对"我的爱人"做同样的事：吸干他的血，在他的眉头刻满皱纹(When hours have drained his blood and filled his brow /With lines and wrinkles)。在"饮干"(drain)和"斟满"(fill)这一对反义动词的灵活组句中，我们再次看到人格化的时间在扼杀青春时采用的手段的丰富多样。十四行诗系列中充斥着对时间这一秉性的贬抑，以下这些序号的商籁中都可以找到类似的表述：第5、12、15、16、19、22、55、60、63、64、65、77、100、115、116、123、126首。

就句式而言，商籁第63首是一首"崎岖的"十四行诗。全诗有大量跨行(enjambment)甚至跨节的写法，长短不一的从句不规律地分布在第 9 行（volta）前后，打破了我们已在莎士比亚十四行诗中习惯的结构平衡。除了在全诗末尾，句号一次都没有出现，仿佛诗人有意以语句不可遏止的流泻来模仿时间无法被阻挡的进程：

… when his youthful morn
……他的青春的早晨，

Hath travelled on to age's steepy night;
And all those beauties whereof now he's king
Are vanishing, or vanished out of sight,
Stealing away the treasure of his spring
也会走进老年的险峻的黑夜；
他如今是帝王，是一切美的领主，
这些美也会褪去，最后会消灭，
使他失掉他春天的全部宝物

俊友此刻的年纪被比作一日中的清晨，以及一年中的春天，而他必将来到的晚年则被比作"陡峭的黑夜"（age's steepy night）和一个心照不宣的（诗中并未直接出现）冬天。这种将人的年龄放入岁时的大框架中看待的做法，奥维德在《变形记》卷十五中已经给出了先例。在通常被称作"毕达哥拉斯的演说"的那一部分中，奥维德借"那个定居克罗托那的萨摩斯人"（毕达哥拉斯）之口，宣说"大宇宙的起源，事物的成因，事物的性质"，并将人的生命划分为四个阶段，对应自然界的四季："你们不见一年有四季的变化么？岁月效法人生分为四段：春天是新生，一切娇嫩，就像婴孩。这时候，绿草生芽，使农夫见了充满喜悦与希望，但是仍然荏弱无力。随后，百花竞放，开遍沃野，宛如锦绣，但是此时绿叶也仍然不很茁壮。春天过去，气候转入夏令，万物日渐结实，就如强健的青年。这一季节最为健壮，最为炽热。然后秋天到来，青春的红润逐渐消失，进入成熟境界，这时的情景介于青年与老年之间，额角上渐渐露出华发。最后是残冬老年，步履蹒跚，形容瑟缩，头发不是雪白，便是脱落干净了。"[1] 奥维德之后，3 世纪罗马传记作家第欧根尼·拉尔修斯（Diogenes Laërtius）在他的《名哲言行录》中也记录了毕达哥拉斯的时间观："童年占 20 年，青年占 20 年，壮年占 20 年，老年占 20 年……把童年比作春天，把青年比作夏天，把壮年比作秋天，把老年比作冬天。"

对于一个人的生命历程，如果说莎士比亚在商籁第 7 首（《太阳惜时诗》）、第 60 首（《海浪元诗》）等十四行诗中采取的是三段式的划分法，以对应于一日内太阳在空

1 奥维德、贺拉斯，《变形记·诗艺》，第 411 页。

中的旅程，那么在本诗以及商籁第 6 首（《数理惜时诗》）、第 73 首（《秋日情诗》）等多处，他则采取了毕达哥拉斯式的四段式划分，将人生四阶段比作四季。本诗第二节提到，时间要偷走（steal）俊美青年的春日（Stealing away the treasure of his spring），这里的 steal 语法上作及物动词，相当于（time）steal the treasure of his spring away，但我们也应考虑到另一层潜在的双关意，即"时间"自己会"悄悄溜走"（steal away，steal 作不及物动词）。这正是文艺复兴时期对"时间"负面属性的另一种表现：时间不仅是吞噬自己子嗣的克罗诺斯（如商籁第 19 首中），或手舞镰刀的收割者（如商籁第 60 首中），或者操持其他武器的暴徒（如本诗第三节四行诗中的"小刀"）；它还可以是一个蹑手蹑脚的小偷，偷走人间的至宝（青春和美），自己也偷偷溜走。作为盗贼的时间没有作为暴徒时那么凶恶残忍，但同样"有害"（injurious），同样难以防范。而诗人在第三节中用一个倒装句（do I now）、一个表示"必将"的 shall、一个军事比喻（建造堡垒），斩钉截铁地起誓说，自己要在时间面前亲手捍卫爱人的美，即使他无法捍卫爱人的生命：

For such a time do I now fortify

Against confounding age's cruel knife,

That he shall never cut from memory

My sweet love's beauty, though my lover's life

我怕这时期要来，就现在造碉堡，

预防老年用无情的刀斧来逞威，

使老年只能把他的生命砍掉，

砍不掉他留在后人心中的美。

　　时间的武器是"残忍的小刀"（屠译"无情的刀斧"），而"我"的武器是笔和墨水。本诗的对句呈现了一种触目惊心的色彩对比：墨水及其写就的诗句（black lines）是乌黑的，但其中所保存的爱人的美是翠绿的（green），在黑色中央，绿色将长存不朽；在无法逃避的黑色的死亡之后，爱人绿色的美和青春将活下去，被吟诵，被记忆，被保存，比黑色更为持久。

His beauty shall in these black lines be seen,

And they shall live, and he in them still green.

他的美将在我这些诗句中呈现，

诗句将长存，他也将永远新鲜。

　　"伟大的时间啊，你吞噬一切；你和妒嫉成性的老年，你们把一切都毁灭了，你们用牙齿慢慢地咀嚼，消耗着一切，使它们慢慢地死亡。"《变形记》中"毕达哥拉斯的演说"以此收尾。而诗人在商籁第 63 首这首元诗中表达的雄心，正是向"伟大的时间"宣战：至少在一首十四行诗的有限空间内，通过呈现对诗艺能够且必将保存美的信心，来战胜时间。

《一位 93 岁老人的肖像习作》，丢勒（Albrecht
Dürer），1521 年

我曾经看见：时间的残酷的巨手

捣毁了往古年代的异宝奇珍；

无常刈倒了一度巍峨的塔楼，

狂暴的劫数甚至教赤铜化灰尘；

我又见到：贪婪的海洋不断

侵占着大陆王国滨海的领地，

顽强的陆地也掠取大海的地盘，

盈和亏，得和失相互代谢交替；

我见到这些循环变化的情况，

见到庄严的景象向寂灭沉沦；

断垣残壁就教我这样思量——

时间总会来夺去我的爱人。

    这念头真像"死"呀，没办法，只好

    哭着把唯恐失掉的人儿抓牢。

When I have seen by Time's fell hand defaced

The rich proud cost of outworn buried age;

When sometime lofty towers I see down-razed,

And brass eternal slave to mortal rage;

When I have seen the hungry ocean gain

Advantage on the kingdom of the shore,

And the firm soil win of the watery main,

Increasing store with loss, and loss with store;

When I have seen such interchange of state,

Or state itself confounded to decay;

Ruin hath taught me thus to ruminate

That Time will come and take my love away.

 This thought is as a death which cannot choose

 But weep to have that which it fears to lose.

商籁第 64 首继承了古典和中世纪诗人最为偏爱的主题之一："鄙夷尘世"（*contemptus mundi*）。可以比较明显地看出贺拉斯和奥维德对莎士比亚的影响，而莎氏将这一古老的主题与自己对爱人的依恋结合在一起，使得这首玄学诗最后具有了挽歌的气质。第一节四行诗立刻让人想起贺拉斯《颂歌集》第三卷中的第 30 首颂歌：

Exegi monumentum aere perennius

Regalique situ pyramidum altius,

Quod non imber edax, non Aquilo impotens

Possit diruere, aut innumerabilis

Annorum series et fuga temporum.

我建造了一座比青铜更恒久的纪念碑，

比屹立于王家宝座上的金字塔更宏伟，

无论是销蚀一切的雨还是暴怒的北风

都永远不能将它夷为平地，那数不尽的

流年时序以及荏苒光阴的捷足同样不能。

　　　　　　　　　　　　　　　　（包慧怡　译）

　　莎士比亚的开篇如同对贺拉斯这节诗的一次致意，只是诗人并没有他的古罗马前辈那般掷地有声的自信，不像贺拉斯那样能够声称自己写下的颂歌是"建造了一座比青铜更恒久的纪念碑"。我们的诗人此刻尚且在悲叹，即使最巍峨的高塔、最坚固的黄铜，也难逃光阴的毒手，终将遭到流年的磨损，最终被夷为平地：

When I have seen by Time's fell hand defaced

The rich proud cost of outworn buried age;

When sometime lofty towers I see down-razed,

And brass eternal slave to mortal rage

我曾经看见：时间的残酷的巨手

捣毁了往古年代的异宝奇珍；

无常刈倒了一度巍峨的塔楼，

狂暴的劫数甚至教赤铜化灰尘

如果说首节令人想起贺拉斯，那本诗第二节则犹如莎士比亚对他最喜爱的古典诗人奥维德的改写。奥维德《变形记》卷十五中的这段话常被看作启发了莎士比亚，他那个时代最有可能阅读的英语版《变形记》出自同时代翻译家亚瑟·戈尔丁（Arthur Golding, 1536—1606）之手："我相信事物绝不会长久保持同一形状。以时代而论，黄金时代转变为铁的时代……我亲眼看见陆地变成沧海，而沧海又变成陆地。在远离海洋的地方可以发现贝壳，在山巅上发现过古代的船锚。古代的平原，山洪把它们变成河谷；

而山岭也曾被洪水冲进海洋。过去的沼泽地带，今天变成一片沙漠；过去的干枯的沙地，今天又变成池沼……"[1]

莎士比亚则在本诗第二节中写道：

When I have seen the hungry ocean gain

Advantage on the kingdom of the shore,

And the firm soil win of the watery main,

Increasing store with loss, and loss with store

我又见到：贪婪的海洋不断

侵占着大陆王国滨海的领地，

顽强的陆地也掠取大海的地盘，

盈和亏，得和失相互代谢交替

平心而论，莎士比亚的修辞与奥维德这段话的相似虽然不言而喻，但也算得上是一种眼观沧海桑田变幻后产生的普遍的沉思。总体来说，商籁第 64 首的核心母题是"鄙夷尘世"。该母题从古典时期一直到基督教中世纪始终活跃，并且是过渡得天衣无缝的最古老的文学母题之一。使用该母题的诗人敦促读者沉思俗世生命和人世荣华富贵的必朽性，提醒人们生前拥有的一切都是虚空中的虚空(*vanitas vanitatum*)。早在 9 世纪或者更早，英语文学传统就已在《流浪者》(*The Wanderer*) 这首雄浑悲壮的古英语哀歌中

1 奥维德、贺拉斯，《变形记·诗艺》，第 412 页。

回应了这一母题:

Hwær cwom mearg? Hwær cwom mago? Hwær cwom

maþþumgyfa?

Hwær cwom symbla gesetu? Hwær sindon seledreamas?

Eala beorht bune! Eala byrnwiga!

Eala þeodnes þrym! Hu seo þrag gewat,

genap under nihthelm, swa heo no wære. (ll. 92-96)

骏马们去了哪里? 骑士们去了哪里? 财富的分发者去了

哪里?

盛宴上的宝座去了哪里? 厅堂里的欢愉今何在?

呜呼, 闪亮的杯盏! 呜呼, 穿锁子甲的武士!

呜呼, 王公的荣耀! 那时光如何逝去

隐入黑夜的荫蔽, 仿佛从不曾存在!

（包慧怡 译）

"鄙夷尘世"母题在中世纪欧洲最著名和完整的拉丁文演绎要到 13 世纪的一首饮酒诗 (goliardic poem) 中才会出现。该饮酒诗题为《论人生苦短》(*De Brevitate Vitae*),更广为人知的标题是它配乐版的首句《让我们尽情欢愉》(*Gaudeamus Igitur*)。这首欢乐的歌谣是许多中世纪和近代大学毕业典礼上的必唱曲目: "让我们尽情欢愉 /

趁青春年少 / 快活的青春逝去后 / 忧愁的老年逝去后 / 土壤会吞噬我们 / 那些在我们之前来到此世的人们 / 今何在?"(*Gaudeamus igitur /Juvenes dum sumus ... Ubi sunt qui ante nos/in mundo fuere?*)不过,商籁第 64 首倒未必是诗人对《流浪者》和《论人生苦短》这类典型"鄙夷尘世"诗歌的有意识的继承。莎士比亚在第三节诗中似乎沉迷于描述"变形"(interchange of state)这一恒久不变的现象,沉迷于"形"或"状态"这个词语在政治学领域的回响——一如在商籁第 29 首(《云雀情诗》)的对句中,诗人说"我不屑与国王交换位置"(I scorn to change my state with kings),其中的 state 自然也同时兼有"状态"或者"王国,国度"的双关意。诗人沉思"变动"这唯一"不变"的状态,同时再用一个派生词双关,"废墟教会我深思熟虑":

> When I have seen such interchange of state,
> Or state itself confounded to decay;
> Ruin hath taught me thus to ruminate
> That Time will come and take my love away.
> 我见到这些循环变化的情况,
> 见到庄严的景象向寂灭沉沦;
> 断垣残壁就教我这样思量——
> 时间总会来夺去我的爱人。

所有这些玄思的结果是，诗人感到极度悲伤，几欲哭泣，因为恐怕自己的爱人也会同样被这永恒的变动夺走。这个关于爱人必死性的念头对诗人而言如同死亡一般痛苦却无法逃避（a death which cannot choose），也就将本诗导向了它挽歌式（elegiac）的对句：

This thought is as a death which cannot choose
But weep to have that which it fears to lose.
这念头真像"死"呀，没办法，只好
哭着把唯恐失掉的人儿抓牢。

威廉·卡克斯顿（William Caxton）翻译的《变形记》
手稿（首个英文版《变形记》），1480 年

就连金石、土地、无涯的海洋，
也奈何不得无常来扬威称霸，
那么美，又怎能向死的暴力对抗——
看她的活力还不过是一朵娇花？

呵，夏天的香气怎能抵得住
多少个日子前来猛烈地围攻？
要知道，算顽石坚强、巉岩牢固，
钢门结实，都得被时间磨空！

可怕的想法呵，唉！时间的好宝贝
哪儿能避免进入时间的万宝箱？
哪只巨手能拖住时间这飞毛腿？
谁能禁止他把美容丽质一抢光？

　　没人能够呵，除非有神通显威灵，
　　我爱人能在墨迹里永远放光明。

Since brass, nor stone, nor earth, nor boundless sea,

But sad mortality o'ersways their power,

How with this rage shall beauty hold a plea,

Whose action is no stronger than a flower?

O! how shall summer's honey breath hold out,

Against the wrackful siege of battering days,

When rocks impregnable are not so stout,

Nor gates of steel so strong but Time decays?

O fearful meditation! where, alack,

Shall Time's best jewel from Time's chest lie hid?

Or what strong hand can hold his swift foot back?

Or who his spoil of beauty can forbid?

    O! none, unless this miracle have might,

    That in black ink my love may still shine bright.

商籁第 65 首延续了第 64 首关于世间物质持续变形、元素之间此消彼长、一切有形之物都难以在时光中长存的玄思。第 64 首对万物必朽性的悲叹最后落实于具体的一位爱人身上，第 65 首同样起于对普遍的美之脆弱的哀叹，最后却试图将前一首商籁的挽歌式结局改写成一种元诗式的乐观。

本诗第一节就呈现了诸多被视为坚固之物本质上的不稳定性，这些物质包括黄铜、磐石、大地、海洋等无机物。这也是一个古老的主题。古代诗人们早已嘲笑过试图用建筑令声名永存的人类行为的荒谬，这无异于在沙上建造城堡。卡尔科皮诺（Carcopino）关于图拉真石柱（Trojan Column）以及起先安放它的乌尔皮亚大会堂（Basilica Ulpia）是这么描述的："……这座三层的建筑四周是图书馆；图书馆之间屹立的那根历史石柱（至今还无人找出它的原型）……毫无疑问应该……经大马士革的建筑师阿波罗多鲁斯的原始设计，凸显了皇帝的心思；这根矗立于书城的石柱，贴了许多盘旋而上的大理石浮雕，图拉真想通过这些浮雕展示自己的赫赫战功，向苍穹歌颂自己的实力与精明。"[1] 用商籁第 65 首第一节的原文来说，既然所有这些无机物都终将屈从于"可悲的必朽性"，更不用提如有生命的鲜花一般娇弱的"美"了，美当然是格外脆弱和尤其不可长存的：

1 恩斯特·R. 库尔提乌斯，《欧洲文学与拉丁中世纪》，第 419 页。

Since brass, nor stone, nor earth, nor boundless sea,

But sad mortality o'ersways their power,

How with this rage shall beauty hold a plea,

Whose action is no stronger than a flower?

就连金石、土地、无涯的海洋，

也奈何不得无常来扬威称霸，

那么美，又怎能向死的暴力对抗——

看她的活力还不过是一朵娇花？

第二节基本是对第一节的递进论证，并在"固若金汤"（impregnable）的无机物的名单中加上了"岩石"和"钢铁的大门"。而脆弱的美被比作"夏日蜂蜜般的气息"，虽然萃取季节的精华，却难以抵抗光阴的摧残——正如商籁第18首（《夏日元诗》）开篇，诗人不愿将爱人比作"租期太短的"夏日的一天。

O! how shall summer's honey breath hold out,

Against the wrackful siege of battering days,

When rocks impregnable are not so stout,

Nor gates of steel so strong but Time decays?

呵，夏天的香气怎能抵得住

多少个日子前来猛烈地围攻？

要知道，算顽石坚强、巉岩牢固，

钢门结实，都得被时间磨空！

　　第三节四行诗看似过渡到了玄学诗领域，诗人似乎在认真思考：究竟有没有一只强劲的手（strong hand）可以力挽狂澜，拦截住时间的捷足（swift foot），既然时间就是这一切无可逃避的变动背后的主谋？人类是不是可以通过了解并掌握自然规律，进而改写必朽性的定律？弥尔顿在剑桥求学期间撰写的《第七篇演说》中就表达了类似的渴求。诗人希望能够上天入地，掌握一切自然规律，并以这些关于"变动"的知识为人类启智："掌握住宇宙苍穹和全部星辰的奥秘，大气的全部运动和变化的规律，掌握住那些使愚昧无知的人惊慑的隆隆雷声和火焰般的彗星的奥秘，能了解风的转变和从陆地与大海上升的云气；能识辨植物与矿物的潜能，了解一切生物的本性与感觉（如果可能的话），了解人体帷幔的结构，以及使之保持健康的方法，然后更进一步去了解灵魂的神力，掌握我们所能掌握的有关我们所谓的家神、魂魄和护身神——这将是多了不起啊！……当我们把一切知识都掌握了，人的精神就不再被关闭在这所黑暗的牢房里了，而是高飞远翔充斥宇宙，以其天神般的伟大气魄，充塞到宇宙意外的空间。"[1]

　　而莎士比亚在商籁第 65 首第三节中虽然以一个

1　胡家峦，《历史的星空》，第 10—11 页。

where、一个 what 和一个 who 表达了类似的探求，却是为了立刻在对句中给予否定的回答。在该节一开始，诗人就将这种探求称作"可怕的玄思"，并用一个不详的双关，点明了时间是死亡的同盟。Time's chest 字面意思是"时光的抽屉／宝箱／柜子"，但如我们在商籁第 48 首（《珠宝匣玄学诗》）中看到的，chest 这个词也可以指骨灰瓮、棺材、墓室。"时光的最美的珍宝"是否可以去哪里躲开"时光的棺材"（注意第 10 行中的介词是 from 而不是 in）？诗人给出的答案是不能，这份珍宝无处藏身，美在时间和死亡面前终究无处可逃：

O fearful meditation! where, alack,

Shall Time's best jewel from Time's chest lie hid?

Or what strong hand can hold his swift foot back?

Or who his spoil of beauty can forbid?

可怕的想法呵，唉！时间的好宝贝

哪儿能避免进入时间的万宝箱？

哪只巨手能拖住时间这飞毛腿？

谁能禁止他把美容丽质一抢光？

O! none, unless this miracle have might,

That in black ink my love may still shine bright.

没人能够呵，除非有神通显威灵，

我爱人能在墨迹里永远放光明。

　　对句中，诗人为那个斩钉截铁的"O! none"保留了一种轻微的让步——"除非"（unless），但他紧接着将"除非……"要发生的事称为一种"奇迹"（unless this miracle have might）。换言之，一种通常不可能发生的事，这件事就是莎士比亚元诗的典型主题，"我爱人能在墨迹里永远放光明"（my love 在此既可以是爱人的形象，也可以是诗人心中的爱），诗句可以战胜必朽性，获得一种不受时间威力影响的不朽。我们说，商籁第 65 首试图将商籁第 64 首挽歌式的结局改写成一种元诗式的乐观，但诗人的用词"除非"（unless）、"奇迹"（miracle）、"或许能"（may）却不能可信地传递这份乐观，反而让读者在读完全诗时依旧处于忧思的重负之下：真相或许是，不会有什么奇迹，诗行或许与无机物并没有本质的差别，两者都无法逃离必朽性（mortality），终将被时光腐蚀。

　　斯宾塞在《仙后》（*The Fairie Queene*）第七卷第 25 节中详细描述了四种元素之间此消彼长，时而冲突时而结合的关系，这或许能让我们清楚地看见，奥维德式的关于永恒变动的沉思在文艺复兴英国诗人之中是一个绝不罕见的主题。莎士比亚——这个拉丁文水平被本·琼森诟病的文法学校毕业生——也绝不是那个最浸淫于古典文学并跳不出其影响的都铎时代诗人。传统是可写且开放的，无论是斯宾塞还是莎士比亚，都不曾让"影响的焦虑"影响其施展诗才：

> 所有这四种元素（它们是构建
>
> 整个世界和一切生物的根基）
>
> 都在千变万化，如我们所见：
>
> 但它们（通过其他神妙的设计）
>
> 相互变换，失去固有的内力；
>
> 火变气，气变成水，清澈明亮，
>
> 水又变成土；但是，水抗击
>
> 火，气与水相逼，互不相让：
>
> 却都溶汇在一起，就像是一体那样。[1]

1 胡家峦,《历史的星空》，第37页。

对这些都倦了，我召唤安息的死亡，——
譬如，见到天才注定了做乞丐，
见到草包穿戴得富丽堂皇，
见到纯洁的盟誓遭恶意破坏，

见到荣誉被可耻地放错了位置，
见到暴徒糟蹋了贞洁的处女，
见到不义玷辱了至高的正义，
见到瘸腿的权贵残害了壮士，

见到文化被当局封住了嘴巴，
见到愚蠢（像博士）控制着聪慧，
见到单纯的真理被瞎称作呆傻，
见到善被俘去给罪恶将军当侍卫；

对这些都倦了，我要离开这人间，
只是，我死了，要使我爱人孤单。

Tired with all these, for restful death I cry,
As to behold desert a beggar born,
And needy nothing trimm'd in jollity,
And purest faith unhappily forsworn,

And gilded honour shamefully misplac'd,
And maiden virtue rudely strumpeted,
And right perfection wrongfully disgrac'd,
And strength by limping sway disabled

And art made tongue-tied by authority,
And folly–doctor-like–controlling skill,
And simple truth miscall'd simplicity,
And captive good attending captain ill:

Tir'd with all these, from these would I be gone,
Save that, to die, I leave my love alone.

商籁第66首以求死的愿望开始，以存活的决心收尾。全诗的主题是"悲叹时局"（*O tempora O mores*），这个起于古罗马演说家西塞罗的短语也是莎剧中被反复演绎的主题。肖斯塔科维奇曾为帕斯捷尔纳克对商籁第66首的俄文翻译谱了曲，作为他1942年发表的套曲《六部出自英国诗人的诗体罗曼司》（Op. 62）中的一首。

　　本诗很难不让人想起《哈姆雷特》第三幕第一场以"生存还是毁灭"开篇的著名独白。在这篇独白的后半部分，无法下定决心孤注一掷去复仇的哈姆雷特清点了世上的不公，说如果不是畏惧死后未知的梦境，谁都不愿继续在这险恶时局中苟活下去：

> For who would bear the whips and scorns of time,
> The oppressor's wrong, the proud man's contumely,
> The pangs of despised love, the law's delay,
> The insolence of office and the spurns
> That patient merit of the unworthy takes,
> When he himself might his quietus make
> With a bare bodkin? Who would fardels bear,
> To grunt and sweat under a weary life,
> But that the dread of something after death,
> The undiscover'd country from whose bourn
> No traveller returns, puzzles the will,

And makes us rather bear those ills we have

Than fly to others that we know not of? (11. 69–82)

谁愿意忍受人世的鞭挞和讥嘲、压迫者的凌辱、傲慢者的冷眼、被轻蔑的爱情的惨痛、法律的迁延、官吏的横暴和费尽辛勤所换来的小人的鄙视，要是他只要用一柄小小的刀子，就可以清算他自己的一生？谁愿意负着这样的重担，在烦劳的生命的压迫下呻吟流汗，倘不是因为惧怕不可知的死后，惧怕那从来不曾有一个旅人回来过的神秘之国，是它迷惑了我们的意志，使我们宁愿忍受目前的折磨，不敢向我们所不知道的痛苦飞去？

相比之下，商籁第66首在十一行诗句（第2—12行）中所列举的"人世的鞭挞和讥嘲"（whips and scorns of time）更加世俗，比如它肯定不包括上述《哈姆雷特》引文中"被轻蔑的爱情的惨痛"。第66首一连用10个and开头的单行句，一一痛斥诗人在这世上看到的罪恶和乱象，却又没有西塞罗《反喀提林演说》（In Catilinam）中"O tempora! O mores!"（哦，时代啊！道德啊！）那样激情澎湃的语调。10个and引出的单行句中完全没有跨行句，语势之强烈、结构之紧凑、节奏之铿锵在整本十四行诗集中都可谓凤毛麟角。但将这10个单行句包裹在其中的第1行和第13行却只是用一个"厌倦"提纲挈领，这两行中用作首语重复（anaphora）的 tired with（厌倦了）可以被看作诗人对中段所描述的一切现象的主要态度：

Tired with all these, for restful death I cry,

As to behold desert a beggar born,

And needy nothing trimm'd in jollity,

And purest faith unhappily forsworn

对这些都倦了，我召唤安息的死亡，——

譬如，见到天才注定了做乞丐，

见到草包穿戴得富丽堂皇，

见到纯洁的盟誓遭恶意破坏

诗人说自己受够了，倦怠了，唯求"安宁的死亡"。莎士比亚十四行诗的忠实仰慕者约翰·济慈在他著名的《夜莺颂》（*Ode to a Nightingale*）中一节的开头，使用了非常相似的表达（同样使用五步抑扬格）：

Darkling I listen; and, for many a time

I have been half in love with easeful Death

我坐在黑暗中听你歌唱，有许多次

我几乎爱上了宁谧的死亡

（包慧怡 译）

647

商籁第 66 首的叙事者求死的原因却与《夜莺颂》的叙事者大相径庭——主要是因为目睹这世上的一切不公，也就是说，下文 10 个 and 引出的都是他观看（behold）的对象。诗人故意使用《圣经》中常用的 "看哪"（behold）一词，暗示被观看的下列现象如普遍规律般反复发生，几乎没有改善的潜能。这些现象主要可分为两大类，也就是两类的不公（injustice）：一是从正面说的，有才华、纯洁、有力、善良的人遭到贬斥；一是从反面说的，一无是处的、邪恶的、愚蠢的人被赋予种种荣誉。第一节罗列这两种不公的顺序是正、反、正；第二节则是反、正、正、正——此诗通篇用表示品质的名词或偏正结构来指代拥有相应品质的人群：

And gilded honour shamefully misplac'd,

And maiden virtue rudely strumpeted,

And right perfection wrongfully disgrac'd,

And strength by limping sway disabled

见到荣誉被可耻地放错了位置，

见到暴徒糟蹋了贞洁的处女，

见到不义玷辱了至高的正义，

见到瘸腿的权贵残害了壮士

在第三节中，我们看到一点元诗的端倪：作者谴责的对象是艺术（包括写诗的艺术）——艺术由于当权者的压迫而无法自由发展，这可以看作对文艺复兴时期英国出版审查制度的一次声音微小的批评。第三节罗列不公的顺序是正、反、正、正。可以看出，诗人在全诗中针对高贵之人被命运恶意贬低，用笔多于针对低贱之人被盲目抬高：

And art made tongue-tied by authority,
And folly–doctor-like–controlling skill,
And simple truth miscall'd simplicity,
And captive good attending captain ill:
见到文化被当局封住了嘴巴，
见到愚蠢（像博士）控制着聪慧，
见到单纯的真理被瞎称作呆傻，
见到善被俘去给罪恶将军当侍卫；

Tir'd with all these, from these would I be gone,
Save that, to die, I leave my love alone.
对这些都倦了，我要离开这人间，
只是，我死了，要使我爱人孤单。

诗人在对句中强调了自己对这一切的厌倦，虽然并未点明所有这些非正义的主谋是谁：世界、社会、时局、某个特定的君主，或某群特定的当权者。这些当然都可以被归入原文的措辞"这一切"（all these），由于对这一切感到厌倦，诗人希望逃离一切（from these），重申第一行中已被陈述的求死的渴望。而全诗的转折要到最后一行才出现，求死的诗人仍有唯一的顾虑：自己一死，爱人就会孑然一人。出于对爱人孤独的不忍，诗人到第14行才否定了自己在第1行和第13行中两次申明的厌世之心，至少他将不会采取自杀这样极端的方法去厌世。

本诗在整本《莎士比亚十四行诗集》中的位置"66"值得玩味。数字6在《圣经》中是一个不完美之数，《启示录》第13节中第二头野兽的数目是666（对6的三次强调），这只兽通常被后世学者看作全世界政体的象征，统治着"每个部族、民族、语言、国族的人"（《启示录》13:7）。这个666之兽在本诗的语境中很容易被解读为一切俗世不公的象征：

它因赐给它权柄在兽面前能行奇事，就迷惑住在地上的人，说："要给那受刀伤还活着的兽作个像。又有权柄赐给它，叫兽像有生气，并且能说话，又叫所有不拜兽像的人都被杀害。它又叫众人，无论大小贫富，自主的，为奴的，都在右手上，或是在额上，受一个印记。除了那受印记，有了兽名或有兽名数目的，都不得作买卖。在这里有智慧。凡有聪明的，可以算计兽的数目，因为这是人的数目，它的数目是六百六十六。"

(《启示录》13: 14—18)

《哈姆雷特》掘墓场景，德拉克洛瓦
（Eugène Delacroix），1839 年

啊! 为什么他要跟瘟疫同住,
跟恶徒来往, 给他们多少荣幸,
使他们能靠他获得作恶的好处,
用跟他交游这方法来装饰罪行?

为什么化妆术要把他的脸仿造,
从他新鲜的活画中去盗取死画?
为什么可怜的美人要拐个弯去寻找
花儿的假影——就因为他的花是真花?

他何必活呢, 既然造化破了产,
穷到没活血红着脸在脉管运行?
原来除了他, 造化没别的富源,
她夸称大富, 却从他得利而活命。

呵, 她是藏了他来证明, 古时候,
这些年变穷以前, 她曾经富有。

商籁
第 67 首

———————

"玫瑰的影子"
博物诗

Ah! wherefore with infection should he live,

And with his presence grace impiety,

That sin by him advantage should achieve,

And lace itself with his society?

Why should false painting imitate his cheek,

And steel dead seeming of his living hue?

Why should poor beauty indirectly seek

Roses of shadow, since his rose is true?

Why should he live, now Nature bankrupt is,

Beggar'd of blood to blush through lively veins?

For she hath no exchequer now but his,

And proud of many, lives upon his gains.

O! him she stores, to show what wealth she had

In days long since, before these last so bad.

商籁第 66—70 首是一组针砭世风日下的诗。诗人在第 66 首中表达了对这个被"恶"统御的世界的厌倦，说自己之所以还在人间苟活，是因为不忍心让爱人孤单。我们会看到，在第 67 首中，诗人对与爱人相依为命活下去的意义都产生了质疑。

本诗继续了商籁第 66 首中"悲叹时局"的主题，只不过在第 67 首中，连本身是诗人活下去的唯一理由的俊友，似乎都已经被这个世界腐蚀，不复完美。早在商籁第 33—36 首中，诗人已经论及俊美青年某种品质上的污点，以及可能犯下的某种使他的美名和他们的关系蒙羞的"罪行"，同样影射这一点的商籁第 67 首却没有使用第 34—36 首中的第二人称来指称俊友，对其进行直接的问罪，而是像第 33 首那样使用了第三人称。这就使得诗人的诘问对象表面上是俊友，实际上还是这个糟糕的世界，是允许完美的俊友诞生于这糟糕的时代的"造化"（Nature）。

Ah! wherefore with infection should he live,

And with his presence grace impiety,

That sin by him advantage should achieve,

And lace itself with his society?

啊! 为什么他要跟瘟疫同住,

跟恶徒来往, 给他们多少荣幸,

使他们能靠他获得作恶的好处，

用跟他交游这方法来装饰罪行？

　　为什么俊友不得不和这个时代的病症共存？他是如此完美，以至于他的在场让不虔敬的事物都蒙上了恩典（with his presence grace impiety），让罪过都获得了优势（sin by him advantage should achiev），甚至用他的陪伴（his society）来为自己装点门面。这里的"装点门面"用了 lace itself 这个短语，仿佛俊美青年是一件昂贵的蕾丝领饰，可以把罪过装扮得雍容华贵。伊丽莎白时期的蕾丝工艺高度发达，精致的蕾丝花边领是贵族阶层（无论男女）用来彰显品味和地位的重要道具，女王本身在诸多肖像中都戴着天价的蕾丝皱领。由于上流社会攀比成风，最后宫廷不得不通过了好几条反奢侈法案，来明确限制可以花在一件蕾丝皱领上的金钱——这些法案在实施过程中往往被睁只眼闭只眼地规避了。这首商籁第一节四行诗中把俊美青年比作一件装点罪行的蕾丝领，含蓄地批评了他的轻浮和不辨是非。

　　第二节四行诗的前半部分延续了此前数首商籁中对"化妆"这一行为的申斥，认为这不仅是审美上的弄虚作假，更是一种拙劣的摹仿，一种偷窃行为。被摹仿和偷窃的对象恰恰是自己的俊友，是对他真实的美貌和鲜活的气色犯下的罪（Why should false painting imitate his cheek, /

And steel dead seeming of his living hue）。到了第二节四行诗的后半部分，诗人笔锋一转，进入了新柏拉图主义的思想领域。他诘问一种摹仿得来的、二手的、苍白的美，为什么要去寻找"玫瑰的影子"（roses of shadow，屠译"花儿的假影"），或者说，这种苍白的美本身就是玫瑰的影子，无法与俊友这朵真正的玫瑰相提并论：

Why should poor beauty indirectly seek
Roses of shadow, since his rose is true?
为什么可怜的美人要拐个弯去寻找
花儿的假影——就因为他的花是真花？

在这里，俊友成了美的实质（substance），那些摹仿者最多只能得到美的影子；俊友是真玫瑰，是柏拉图式的"玫瑰"的理念，是玫瑰所代表的美的原型，其他一切只能是对原型的拙劣模仿，是"玫瑰的影子"或者"影子玫瑰"。莎士比亚在商籁第37首、第43首和第53首中也处理过影子和实质的二元对立。在商籁第67首中，我们再次看到了"玫瑰"这一意象被推举到几乎和柏拉图的"善"等高的位置，玫瑰成了真与美的最高象征。诗人在第二节中变相地质问造化：既然已经有了美的真身，为何还要造出这么多赝品？玫瑰尚在，就不该有玫瑰的影子。诗人悲叹一个赝品横行的世界，更哀叹于在这样一个世界里，连真品都被蒙上了阴影，难洗同流合污的嫌疑。

到了第三节中，诗人终于把诘难的矛头直接对准了造化：如今"造化"或曰"大自然"已经破产，缺乏鲜活的血液（now Nature bankrupt is, /Beggar'd of blood to blush through lively veins），就只能造出一些没有血色的假人来。这里再次影射那些用含白铅的化妆品粉饰自己的面孔的人，讽刺他们那人工而没有生机的美。在这样一个腐化的世界里，诗人说，像俊友这样真正的美都不该存在（Why should he live），因为他活着只能成为赝品们偷窃的对象，成为破产的造化／自然的仅剩的摇钱树（For she hath no exchequer now but his），不断被她剥削。造化或许曾经富足而骄傲，现在却唯有靠着俊友这唯一的财源来"赚取利润"（And proud of many, lives upon his gains）。

到了最后的对句中，造化成了一座空荡荡的博物馆，唯一珍藏着并且可以夸耀的就只有俊友这一件藏品。在如今这个美与真同样匮乏的年代，"他"成了见证一个失落的黄金年代的唯一活着的证据：

O! him she stores, to show what wealth she had

In days long since, before these last so bad.

呵，她是藏了他来证明，古时候，

这些年变穷以前，她曾经富有。

尼古拉斯·希利亚德（Nicolas Hillard, 1547—
1619）为伊丽莎白一世所绘的"鹈鹕肖像"。
画像上的女王戴着精美的蕾丝领饰，画像左
上角和女王裙摆上都装饰着红白相间的"都铎
玫瑰"

如此，他的脸颊是往昔岁月的地图，
那时美如今日的鲜花，盛开又凋落，
那时伪劣之美的标记尚未生出，
也不敢在生者的眉端正襟危坐；

那时，死者金黄的鬈发丝，
仍属于坟茔，尚未被剪下，
去第二个头颅上，再活第二次，
逝去之美的金羊毛尚未妆点别家：

古代的神圣时辰在他身上重现，
恰是本真的它，没有任何装帧，
不用别人的青翠织造他的夏天，
不为更新自己的美去抢掠古人；

造化就这样把他当作地图珍藏，
向假艺术展示昔日之美的模样。

（包慧怡 译）

Thus is his cheek the map of days outworn,

When beauty lived and died as flowers do now,

Before these bastard signs of fair were born,

Or durst inhabit on a living brow;

Before the golden tresses of the dead,

The right of sepulchres, were shorn away,

To live a second life on second head;

Ere beauty's dead fleece made another gay:

In him those holy antique hours are seen,

Without all ornament, itself and true,

Making no summer of another's green,

Robbing no old to dress his beauty new;

And him as for a map doth Nature store,

To show false Art what beauty was of yore.

商籁第 68 首以"地图"这一意象开篇（Thus is his cheek the map of days outworn），又以地图这一意象结尾（And him as for a map doth Nature store, /To show false Art what beauty was of yore）。只不过，诗中的地图并不标识当下的地理和路况，而是一份保存现已消失之物的古董手稿。这份地图记录的是一个已经逝去的黄金年代的地貌，在这黄金年代中，美同时是真，像花儿一样自然盛放又自然死亡（When beauty lived and died as flowers do now），没有人用次等的、假冒的美去改写自然。

第一节论证，俊美青年的容颜就是这份地图，人们可以通过这张脸看见造化的完美，进而去想象一个业已失落的完美世界。"你"的脸，这张记载黄金年代地貌的地图，出现在商籁第 68 首的第 1 行和第 13 行，首尾相连画成一个圆。莎氏并非第一个在人脸与地图之间建立联系的人，比如用中古英语写作的 14 世纪诗人杰弗里·乔叟在他的一首不那么有名的短抒情诗中就用过类似的比喻。以下是这首被称作《致罗莎蒙德的谣曲》的中古英语抒情诗的第一节：

To Rosemounde: A Balade

Geoffrey Chaucer

Madame, ye ben of al beaute shryne

As fer as cercled is the mapamounde,

For as the cristal glorious ye shyne,

And lyke ruby ben your chekes rounde …

致罗莎蒙德的谣曲

杰弗里·乔叟

女士，你是一切之美的圣殿

在世界地图圈起的所有地方。

因为你闪耀，如水晶般璀璨

你圆圆的脸颊有如红宝石……

（包慧怡 译）

中古英语复合名词"世界地图"（mapamounde）来自中世纪拉丁语 *mappamundi*，由拉丁文 *mappa*（地图）与 *mundus*（世界）构成。*mappa* 原意为"布料""桌布"，该词只是中世纪拉丁语和俗语中众多用来表示"地图"的词汇之一，其他词汇包括描述（*descriptio*）、图画（*pictora*）、绘表（*tabula*）、故事／历史（*estoire*）等。但在中世纪英国人谈到世界地图时，*mappa* 是用得最广的一个词，因为当时最常见的一种世界地图被称为 T-O 地图（T-O *mappamundi*）。T-O 地图是一块圆形的牛皮或羊皮手稿，世界的边缘被描绘成一个圆（O），欧洲人眼中的三大中心水系（尼罗河、顿河与地中海）从地图中央将世界分作三块——上方的半圆是亚洲，左下与右下的两个四分之一扇面分别是欧洲与非洲——这三大水系共同构成字母 T 的形状。因此，乔叟说女郎罗莎蒙德的美遍及"世界地图圈起的所有地方"，紧接着又强调她的脸蛋（chekes）是圆形的（rounde）。在商籁第 68 首第一节中，莎士比亚同样用"脸颊"（cheek）一词来指代俊美青年的整张脸，造化用这张"脸之地图"来备份"过去的美"。第 13 行（And him as for a map doth Nature store）的正常语序为"造化就这样把他当作地图珍藏"（And Nature doth store him as for a map）——莎士比亚使用的早期现代英语"地图"（map）一词正来自拉丁语 *mappa*，也就将俊友的脸写入了往昔所有时代"脸之地图"的传统。

第二和第三节四行诗中，诗人集中火力攻击了当时的一种流行风尚：制作假发套，尤其是从已故之人头上剪下金黄的鬈发，经过处理后做成假发，戴在一个秃顶者，或是一个天生的发色并非金黄的人头上，让死人头发这一"坟墓的财产"去"第二个脑袋上度过第二次生命"（Before the golden tresses of the dead, /The right of sepulchres, were shorn away, /To live a second life on second head）。他接着提到，在过去，美人的"金羊毛"（Golden Fleece，影射希腊神话中伊阿宋及其远征队对金羊毛的追寻）不会被夺去为另一个人增辉（Ere beauty's dead fleece made another gay），正如在今天，俊友的美完全是出自天然，而"没有用别人的青翠来装点自己的夏日"（Making no summer of another's green）。

在莎士比亚写作十四行诗的年代，全英国最华丽、最昂贵的假发套只有一个去处：将近花甲之年的女王伊丽莎白一世本人。女王自己的发色介于金色和红色之间，像我们在她少女时期与初登基时期的肖像以及历史文献中看到的那样。但当她年过半百，两鬓开始斑白，便在几乎一切正式场合佩戴用金栗色鬈发精心制作的发套，如我们在她晚年的肖像中所见到的。据说女王一度宠爱的埃塞克斯伯爵、年轻的罗伯特·德弗罗（Robert Devereux）有一天晚上从爱尔兰战争返回，未经禀报就冲入了她的闺房，因而不小心看见了未戴假发、头发稀疏斑白的女王，这致使伊丽莎白勃然大怒，为他后来的彻底失宠乃至被处决点燃了最后一根导火索。女王虽然年事渐高并早已决定一辈子独身，不再像年轻时那样被来自世界各地的求婚者环绕，但依然享受跳舞、看戏等宫廷娱乐活动，十分在意自己的容貌，对于子民们对她体态和容貌的奉承也总是照收不误，尤其满意于宫廷诗人献给她的种种准女神式的头衔（月神辛西娅、"仙后"格罗丽安娜等）。

作为一个日渐成功的剧作家，莎士比亚的写作生涯和活动圈子与宫廷的联系日渐密切，在女王在位期间如此，在女王的继任者詹姆士一世在位期间更是如此。莎士比亚及其环球剧院的同僚们曾被詹姆士一世授予金印，赐名"国王供奉剧团"。从詹姆士登基到莎翁去世的十三年中，"国王供奉剧团"共进宫表演过 187 次，比其他所有剧团加起来还要多。如果我们再考虑到莎士比亚十四行诗集的题献对象很可能是女王宫中一名位高权重的贵族，我们不禁要为他在商籁第 68 首中这种看似直接攻击当朝君主（及其不是秘密的对假发的嗜好）的做法捏一把汗。伊丽莎白时期的文学审查制度并不那么完整和体制化，真正执行起来更是时常比较随性，作家如果出版了被认定为有伤风化，或煽动危险政见的作品，很可能会在书付印后受到惩罚，而不是之前就受到限制。即便如此，在不止一首诗中讽刺包括女王在内的同时代人对假发的使用，反对"用旧人的美把自己的美修葺一新"，依然很可能是危险的。莎士比亚的十四行诗集要到 1609 年，也就是女王去世后五年，才初次出版，一定程度上或许有规避审查的考虑。

话说回来，莎翁的任何作品在其生前就出版的情况本来就少之又少，收录他绝大部分剧本的《第一对开本》要到 1623 年（他本人去世七年后）才出版，相比之下，《莎士比亚十四行诗集》的付梓还算早的。因此，要仅从出版年份来回答以上关于规避审查之可能性的问题仍然是困难的。更何况，各种证据显示，在以印刷书本形式流传之前，莎氏的部分十四行诗已经以手抄本或口头传颂的形式在宫中流传。或许伊丽莎白一世终究是个较为开明的君主。作为一个自己也写诗并且文采斐然的国君，国民剧作家莎士比亚的一两首小诗中有一些细节或许会冒犯她，但尚不至于让她暴跳如雷。毕竟，那些认为莎士比亚作品的作者另有其人的学者，那些"反斯特拉福派"的评论家，其中不乏有人认为女王伊丽莎白才是莎士比亚戏剧和诗歌的真正"幕后写手"呢。

小马克·吉尔拉茨（Marcus Gheeraerts the Younger）或他的画室为女王所作肖像，约绘于 1595 年，伊丽莎白一世当时 62 岁左右

伊丽莎白一世足踏地图的"迪奇利肖像"
（The Ditchley Portrait），小马克·吉尔拉茨，
约1592年

世人的眼睛见到的你的各部分，
并不缺少要心灵补救的东西：
一切舌头（灵魂的声音）都公正，
说你美，这是仇人也首肯的真理。

你的外表就赢得了表面的赞叹；
但那些舌头虽然赞美你容貌好，
却似乎能见得比眼睛见到的更远，
于是就推翻了赞美，改变了语调。

他们对你的内心美详审细察，
并且用猜度来衡量你的行为；
他们的目光温和，思想可褊狭，
说你这鲜花正发着烂草的臭味：

　　但是，为什么你的香和色配不拢？
　　土壤是这样，你就生长在尘俗中。

Those parts of thee that the world's eye doth view
Want nothing that the thought of hearts can mend;
All tongues—the voice of souls—give thee that due,
Uttering bare truth, even so as foes commend.

Thy outward thus with outward praise is crown'd;
But those same tongues, that give thee so thine own,
In other accents do this praise confound
By seeing farther than the eye hath shown.

They look into the beauty of thy mind,
And that in guess they measure by thy deeds;
Then—churls—their thoughts, although their eyes were kind,
To thy fair flower add the rank smell of weeds:

But why thy odour matcheth not thy show,
The soil is this, that thou dost common grow.

商籁第 69 首的主题近似于"品行鉴定"，虽然通篇是借助他人之口——体现在"众眼"（the world's eye）、"众口"（all tongues）等表达中——诉说的莫若说是诗人自己的隐忧，担心自己的爱慕对象"你"的某种或某几种道德瑕疵，这也是对商籁第 67 首和第 68 首主题的延续。

全诗起于对"你"完美无缺的外表的赞美，指出一般意义上的"爱情令人盲目"对"你"并不适用：如果说普通人心中的情思能使他们的爱慕对象不够美的外表得到"修补"，那么在美貌上无懈可击的"你"则完全不需要这种修补。"你那众目共睹的无瑕的芳容，/ 谁的心思都不能再加以增改"（Those parts of thee that the world's eye doth view/Want nothing that the thought of hearts can mend，梁宗岱译）。这里明确提出了"心"作为"思想 / 情思"的发源地这一看法，正如汉语里也有"心思"这样的词语。这种文艺复兴时期通行的解剖学–心理学看法在莎士比亚此前的商籁中已经多次出现，比如商籁第 46 首中"于是，借住在心中的一群沉思，/ 受聘做法官，来解决这一场吵架"；或者商籁第 47 首中"有时眼睛又是心的座上客，/ 去把心灵的缱绻情思分享"。

我们在解读商籁第 24 首（《眼与心玄学诗》）时提到过，源于古典哲学和早期基督教传统的灵肉二元论中，最常见的一种对待身体及其五种感官的态度是"抑肉扬灵"。

这种态度在中世纪和文艺复兴早期的宗教和文学作品中表现为一种对所有肉身感官体验的普遍不信任，肉身感官（corporeal senses）也就是我们通常说的视觉、听觉、嗅觉、味觉、触觉这五官，在中世纪时它们被并称为"外感官"（external senses），以对应于想象、估算、认知等五种"内感官"。与此同时，通过外感官得到的知识又被人为地与通过心灵体验得到的知识对立起来，这种对立时常表现为一种"感官怀疑主义"，尤其是"视觉怀疑主义"。眼睛作为最敏锐的外感官，对于"眼见所得"的警惕和疑虑在莎士比亚的其他商籁中也频繁出现过，比如商籁第24首中："但眼睛还缺乏画骨传神的本领，/只会见什么画什么，不了解心灵。"这份对外在的眼睛，对肉体感官的普遍不信任，时常表现为对于内在的认知能力，即"心"及其产生的"思想"的倚重，就如商籁第69首中众人虽然用眼睛从"你"的外表挑不出错，却（用心之思想）看进了"你"的内心，"丈量你的行为"（deeds），并对"你"的品行给出了恶评：

They look into the beauty of thy mind,
And that in guess they measure by thy deeds;
Then–churls–their thoughts, although their eyes were
   kind,

674

To thy fair flower add the rank smell of weeds

他们对你的内心美详审细察，

并且用猜度来衡量你的行为；

他们的目光温和，思想可褊狭，

说你这鲜花正发着烂草的臭味

在中世纪至文艺复兴的感官理论中，"舌头"这种器官通常被看作拥有"被动"和"主动"两种官能，前者对应品尝食物的过程，即"味觉"；后者则对应"吐出话语"，即言辞、说话、评论的过程。本诗中舌头始终是以其"主动的"官能的担任者出场，按照上述感官怀疑主义的逻辑，通过其他四种外感官得到的知识也理应遭到和视觉一样的不信任。但在商籁第 69 首中，只有"眼睛"所见被等同于肤浅的具有欺骗性的表面知识，与"心之所想"所获得的知识对立，其他官能却都与"心"站在了同一战线。比如第一节中"舌头"的话语功能被称为"灵魂／心灵的声音"（the voice of souls），虽然舌头起先同意眼之所见，因为"你"的美是"赤裸裸的真实"；但一旦（通过心之所思）"看见了眼睛看不见的更深处"，看见了"你"品行中的不完美，就立刻取消了之前的赞扬：

Thy outward thus with outward praise is crown'd;

But those same tongues, that give thee so thine own,

In other accents do this praise confound

By seeing farther than the eye hath shown.

你的外表就赢得了表面的赞叹；

但那些舌头虽然赞美你容貌好，

却似乎能见得比眼睛见到的更远，

于是就推翻了赞美，改变了语调。

嗅觉也是如此。在商籁第 54 首（《"真玫瑰与犬蔷薇"博物诗》）中，花朵的色彩曾被等同于表象（show），只有花朵的香气（odour）才被等同于实质（substance）。类似地，表象在本诗中被等同于眼之所见，而一个人的实质，即由"你的行为"（thy deeds）决定的"你"的品行，则被等同于鼻子闻到的气味，一种嗅觉经验。因此那些看进"你"内心的人才会在承认"你"鲜花般美丽的外表的同时，说"你"如"野草般散发恶臭"，说"你的气味"与"你的外表"毫不匹配："说你这鲜花正发着烂草的臭味：/但是，为什么你的香和色配不拢？"（To thy fair flower add the rank smell of weeds: /But why thy odour matcheth not thy show …）

野草（weed）在莎士比亚这里经常是腐烂和朽坏的象征，这或许和丛生的野草能败坏农作物有关。而作形容词

676

的 rank 除了强调程度之甚（相当于 absolute、downright）之外，本身也时常带有恶臭、剧毒等贬义，比如在《哈姆雷特》第三幕第三场中："啊！我的罪恶的戾气已经上达于天。"（Oh my offence is rank, it smells to heaven.）莎士比亚经常在剧作中将 rank 和 weed 搭配使用，如《哈姆雷特》第三幕第二场，"你夜半采来的毒草炼成，/赫卡忒的咒语念上三巡"（Thou mixture rank, of midnight weeds collected, /With Hecate's ban thrice blasted, thrice infected）；或者同样在该剧的第三幕第四场中，"忏悔过去，警戒未来；/不要把肥料浇在莠草上，/使它们格外蔓延起来"（Repent what's past; avoid what is to come; /And do not spread the compost on the weeds, /To make them ranker）。

商籁第 69 首中的野草比喻也让人想起商籁第 94 首的对句："最甜美之物一作恶就最为酸臭，/腐烂的百合比野草更闻着难受。"（For sweetest things turn sourest by their deeds; /Lilies that fester smell far worse than weeds, ll.13–14）在商籁第 69 首的对句中，诗人试图解释"为什么你的气味与你的外表毫不匹配"，这也就暴露了虽然这句话表面上是引述他人的看法，其实也是"我"心底不得不承认的，尽管"我"不忍心亲口说出对爱人品行的非议。全诗最后一行即"我"试图为"你"的品德辩护而找到的理由："土壤是这样，你就生长在尘俗中。"（The soil is this, that thou dost common grow.）这里的土壤（soil）在 1609 年出版的四开本中原拼作 solye，一些校勘者认为这个词来自今天已几乎不用的动词 assoil（尝试解决，解释），因此最后一行前半句的意思是"应该这样解释"（the solution/explanation is this）。[1] 即使我们保留这种可能，也仍然很难忽略 soyle 与 soil（土壤）词形上的惊人相似，何况还有"公用土地"（common soil）这个莎士比亚时期常用的词组将最后一行中的 common 与 soil 联系在一起。早期现代英语中的 common 一词比今日英语中携带的贬义要更多一些，或许诗人也在此责备身为贵族的俊友不该行事如--介平民（commoner），但他终究将锅甩给了俊友自身之外的因素，即象征生长环境或者社交圈子的"土壤"。假使我们同意那些认为 solye 与"土壤"无关的校勘者，那么在动词 grow 中也可以听到诗人辩护的声音："你"并非天生庸劣，而是"变得"庸劣（that thou dost common grow），另有"你"本人之外的原因该为"你"的堕落负责。

本诗打破了一概而论、认为外在的五感都爱撒谎的"感官怀疑主义"传统，转而表现"舌头"和"鼻子"有时会比执着于外表的"眼睛"更具有洞察力，会和心灵及其思想一起站到眼睛及视觉的对立面，给出一份更接近真实的"品行鉴定"。

1 http://www.shakespeares-sonnets.com/sonnet/69.

¶ *The kindes.*

OF Reeds the Ancients haue set downe many sorts. *Theophrastus* hath brought them all first into two principall kindes, and those hath he diuided againe into moe sorts. The two principall are these, *Auleticæ*, or *Tibiales Arundines*, and *Arundo vallatoria*. Of these and the rest we will speake in their proper places.

1 *Arundo vallatoria.*
Common Reed.

2 *Arundo Cypria.*
Cypresse Canes.

¶ *The description.*

1   THe common Reed hath long strawie stalkes full of knotty joints or knees like vnto corne, whereupon do grow very long rough flaggy leaues. The tuft or spoky eare doth grow at the top of the stalkes, browne of colour, barren and without seed, and doth resemble a bush of feathers, which turneth into fine downe or cotton which is carried away with the winde. The root is thicke, long, and full of strings, disperfing themselues farre abroad,
whereby

杰拉德《草木志》中的"常见野草"

（common reed）

你被责备了，这不是你的过失，
因为诽谤专爱把美人作箭靶；
被人猜忌恰好是美人的装饰，
像明丽的天空中飞翔的一只乌鸦。

假如你是个好人，诽谤只证明
你有偌大的才德，被时代所钟爱，
因为恶虫顶爱在娇蕾里滋生，
而你有纯洁无瑕的青春时代。

你已经通过了青春年华的伏兵阵，
没遇到袭击，或者征服了对手；
不过这种对你的赞美并不能
缝住那老在扩大的嫉妒的口：

    恶意若不能把你的美貌遮没，
    你就将独占多少座心灵的王国。

商籁
第 70 首

―――――――

"蛆虫与花苞"
博物诗

That thou art blam'd shall not be thy defect,

For slander's mark was ever yet the fair;

The ornament of beauty is suspect,

A crow that flies in heaven's sweetest air.

So thou be good, slander doth but approve

Thy worth the greater being woo'd of time;

For canker vice the sweetest buds doth love,

And thou present'st a pure unstained prime.

Thou hast passed by the ambush of young days

Either not assail'd, or victor being charg'd;

Yet this thy praise cannot be so thy praise,

To tie up envy, evermore enlarg'd,

    If some suspect of ill mask'd not thy show,

    Then thou alone kingdoms of hearts shouldst owe.

商籁第 69 首提到了"说你这鲜花正发着烂草的臭味"（To thy fair flower add the rank smell of weeds, l.12），仿佛构成对仗般，商籁第 70 首中出现了"蛆虫热爱最甜蜜的花蕾"（For canker vice the sweetest buds doth love）。这一对暗示"美中总有不足"的谚语式表达指向俊美青年的某种可疑的声誉，在第 69 首中表现为"表面的赞扬"（outward praise），到了第 70 首中就变成了直白的"谴责"（blam'd）和"诽谤"（slander），"因为诽谤专爱把美人作箭靶"（For slander's mark was ever yet the fair）。第一节四行诗的后半部分出现了一对奇怪的论美的句子："被人猜忌恰好是美人的装饰，/ 像明丽的天空中飞翔的一只乌鸦。"（The ornament of beauty is suspect, /A crow that flies in heaven's sweetest air.）

大家也许会记得，在商籁第 54 首（《"真玫瑰与犬蔷薇"博物诗》）中，莎士比亚对"美的装饰"有迥然不同的论断。在第 54 首的第一节四行诗中，诗人借用玫瑰意象探讨了"美"和"真"的关系，说"真"可以为"美"带去一种"甜美的装饰"，可以为"美"锦上添花，使得原先美的事物"显得更美"（O! how much more doth beauty beauteous seem /By that sweet ornament which truth doth give; ll. 1-2）。第 54 首的第一节接着说，而这种关系就如同玫瑰花的"外表"和它的"香气"之间的关系：馥郁的花香，可以让原先只是"看起来很美"的玫瑰，在我们心中变得更美（The rose looks fair, but fairer we it deem/For that sweet odour, which doth in it live, ll.3–4）。何以到了商籁第 70 首中，"美的装饰" 就变成了 "猜忌"（suspect）或者 "猜疑"（suspicion）？下面两节四行诗中继续说，"你" 的名声遭到了诽谤，但诽谤却更加确立了 "你的美德"；"你" 在青葱岁月里遭受过类似的攻击，却总能战胜恶语，不受玷污：

So thou be good, slander doth but approve
Thy worth the greater being woo'd of time;
For canker vice the sweetest buds doth love,
And thou present'st a pure unstained prime.

假如你是个好人，诽谤只证明

你有偌大的才德，被时代所钟爱，

因为恶虫顶爱在娇蕾里滋生，

而你有纯洁无瑕的青春时代。

我们需要将商籁第 70 首放入连环十四行诗中其他 "玫瑰诗" 的语境中考量。除了刚才提到的第 54 首，另一首最重要的对参诗是商籁第 95 首（《"玫瑰之名" 博物诗》）。第 95 首的第一、第二节四行诗中说，未来时代的舌头想要斥责（dispraise）却反而赞颂了（praise）"你"，因为光是提到 "你" 的名字，就让 "坏话受到了祝福"；因为 "你"

是这样美好，导致"你"的名字已经和一切美的事物联系在一起，甚至可以净化"你"本身可疑的品行，使得没有人能够提到你的名字而不终结于赞扬：

How sweet and lovely dost thou make the shame

Which, like a canker in the fragrant rose,

Doth spot the beauty of thy budding name!

O! in what sweets dost thou thy sins enclose.

耻辱，像蛀虫在芬芳的玫瑰花心，

把点点污斑染上你含苞的美名，

而你把那耻辱变得多可爱，可亲！

你用何等的甜美包藏了恶行！

…

Naming thy name, blesses an ill report.

……

一提你姓名，坏名气就有了福气。(ll.1–4, 8, Sonnet 95)

　　商籁第 70 首用一样的逻辑化解"你"受到的"猜疑"，"你"的存在本身（如同第 95 首中"你的名字"）就可以净化一切。这三首商籁中都出现了"蛀虫"（canker）与"花苞/含苞欲放"（buds/budding）的对立：在第 95 首中

canker 是作为实实在在的蛀坏花朵的虫子，在第 70 首中是用作形容词（canker vice，"蛆虫般的恶习"），在第 54 首中却是作为花朵的一部分（canker bloom，"犬蔷薇"，字面意思一样是"蛆虫之花""溃烂之花"），"犬蔷薇"有着玫瑰一样美丽的外表却败絮其中。第 54 首与第 95 首都明确点出了花朵的名字"玫瑰"，而在第 70 首中，"你"被比作蛆虫喜爱的"最甜蜜的花蕾"，能够"捧出纯洁无瑕的全盛的花期"（For canker vice the sweetest buds doth love, /And thou present't a pure unstained prime）——虽然没有点明，但语境决定了满足这些描述的花苞亦只能是玫瑰：花中之花，艳冠群芳之花，与春日同盛之花。杰拉德在《草木志》中说，玫瑰是王冠和花环中最重要的成分，并援引古希腊诗人阿纳克里翁（Anacreon Thius）在《玫瑰之诗》开篇中对这种花的赞颂：

玫瑰是花之荣耀，万花之美

玫瑰被春日照料，被春日所爱：

玫瑰是神圣力量的喜悦。

美神维纳斯的男孩，月神辛西娅的甜心，

每当他去赴美惠三女神的舞会，

就用玫瑰花环包围自己的头颅。

（包慧怡 译）

686

商籁第70首其实是一首没有直呼玫瑰名字的隐形"玫瑰诗"，而被比作玫瑰的俊美青年"你"在诽谤、谗言、猜疑面前都能够作为美的化身屹立不败，持续受赞颂——但这份赞颂又不足以熄灭别人对"你"的嫉妒（Yet this thy praise cannot be so thy praise, /To tie up envy, evermore en-larg'd）。诗人在全诗迂回往复的论证中有些牵强地得出了对句中的结论：让这些猜忌继续存在吧，因为如果对"你"连猜忌都不存在，"你"就会太过完美而征服全天下"所有心灵的王国"，如此一来，卑微的"我"或许就连爱"你"的机会都将失去。此话看似恭维，却又深深暗示出焦躁与不安，以及对"你"很可能有所欠缺的品行的隐隐不满：

If some suspect of ill mask'd not thy show,

Then thou alone kingdoms of hearts shouldst owe.

恶意若不能把你的美貌遮没，

你就将独占多少座心灵的王国。

《玫瑰花丛中的青年》，尼古拉斯·希利亚德，约 1585—1595 年。今藏维多利亚与阿尔伯特博物馆。画上的青年被认为是女王的宠臣埃塞克斯伯爵（Earl of Essex）

只要你听见丧钟向世人怨抑地
通告说我已经离开恶浊的人世，
要去和更恶的恶虫居住在一起：
你就不要再为我而呜咽不止；

你读这诗的时候，也不要想到
写它的手；因为我这样爱你，
假如一想到我，你就要苦恼，
我愿意被忘记在你甜蜜的思想里。

或者，我说，有一天你看到这首诗，
那时候我也许已经化成土堆，
那么请不要念我可怜的名字；
最好你的爱也跟我生命同毁；

　　怕聪明世界会看穿你的悲恸，
　　在我去后利用我来把你嘲弄。

No longer mourn for me when I am dead

Than you shall hear the surly sullen bell

Give warning to the world that I am fled

From this vile world with vilest worms to dwell:

Nay, if you read this line, remember not

The hand that writ it, for I love you so,

That I in your sweet thoughts would be forgot,

If thinking on me then should make you woe.

O! if, –I say you look upon this verse,

When I perhaps compounded am with clay,

Do not so much as my poor name rehearse;

But let your love even with my life decay;

    Lest the wise world should look into your moan,

    And mock you with me after I am gone.

商籁第 71—74 首是一组关于诗人自己身后事的"死亡内嵌诗",诗人沉思的对象从俊美青年的死亡变成了自己的死亡。但令他忧虑的并非死亡本身,而是比他年轻因而很可能生存得更久的俊友在诗人死后将如何处理他们的关系,是缅怀还是遗忘。第 71 首或许是开启一组"死亡内嵌诗"的好地方,在那则关于上帝给万物分派寿命的著名民间传说中,上帝将驴子、狗、猴的 18、12、10 年寿命加给原先只有 30 年可活的人类之后,人类的"法定"寿命恰好是 70 年。第 71 首商籁以一个肃穆的意象"丧钟"开篇,直接为全诗奠定了葬礼式的基调:

No longer mourn for me when I am dead
Than you shall hear the surly sullen bell
Give warning to the world that I am fled
From this vile world with vilest worms to dwell
只要你听见丧钟向世人怨抑地
通告说我已经离开恶浊的人世,
要去和更恶的恶虫居住在一起:
你就不要再为我而呜咽不止

诗人请他的俊友不要长久地为他的死哀悼,而是等到丧钟一敲完就结束悲伤。比莎士比亚晚八年出生的玄学派诗人约翰·多恩于 1624 年出版了散文体作品《紧急时刻的祷告》(*Devotions Upon Emergent Occasions*)，其中的《第 17 篇沉思》(*Meditation 17*) 包含着或许是整个文艺复兴时代最著名的关于丧钟的表达，虽然多恩的原文并不（像人们误认为的那样）分行：[1]

No man is an island, entire of itself; every man is a piece of the continent, a part of the main. If a clod be washed away by the sea, Europe is the less, as well as if a promontory were, as well as if a manor of thy friend's or of thine own were: any man's death diminishes me, because I am involved in mankind, and therefore never send to know for whom the bells tolls; it tolls for thee.

没有人是一座岛屿，自洽而整全；每个人都是陆地的一片，主体的一份。如果一块泥土被海水冲走，欧洲就会变小一点，就如海岬会失去一角，就如你朋友或你自己的领地失去一块；任何人的死亡都会令我亏缺，因为我参与全人类的命运，因此不要派人去打听丧钟为谁而鸣；丧钟为你而鸣。

（包慧怡 译）

1 多恩时任圣保罗大教堂（St Paul's Cathedral）的牧师长，为他安排这个显赫的神职的是当时的英国国王詹姆士一世，多恩《紧急时刻的祷告》中的 23 篇散文体《沉思》正是题献给詹姆士一世之子查理王子的。

对比阅读之下，商籁第71首第一节中要俊友刚听到丧钟鸣响就忘掉自己的请求，无论如何都显得不近人情。更何况对方还是诗人此生的挚爱，并且前70首商籁基本还是将这种爱情关系塑造成了相互的、有所反馈的，虽然双方的投入程度并不对等。诗人在第二节四行诗中解释自己如此不合理的请求的动机：

Nay, if you read this line, remember not

The hand that writ it, for I love you so,

That I in your sweet thoughts would be forgot,

If thinking on me then should make you woe.

你读这诗的时候，也不要想到

写它的手；因为我这样爱你，

假如一想到我，你就要苦恼，

我愿意被忘记在你甜蜜的思想里。

所有的爱人都希望自己被对方永远铭记，但诗人偏要建立这样的悖论："我"越是爱"你"，越是希望"你"在"我"死后迅速忘记"我"，因为假如记起"我"会令"你"悲哀，那么深爱"你"的"我"宁肯被遗忘。在这节关于遗忘和铭记的爱的悖论中，还套着一个关于书写和阅读的悖论：第5—6行中说"如果你读到这行诗，请忘掉／那曾写下这诗句的手"，无论这在认知学上是否可能，至少诗人将之可信地塑造为了最慷慨、宽宏和无私的爱之修辞的一部分。第三节四行诗延续了这一爱的悖论中关于阅读和书写的部分：

O! if, —I say you look upon this verse,

When I perhaps compounded am with clay,

Do not so much as my poor name rehearse;

But let your love even with my life decay

或者，我说，有一天你看到这首诗，

那时候我也许已经化成土堆，

那么请不要念我可怜的名字；

最好你的爱也跟我生命同毁

我们会注意到，在第 10 行中谈及自己的肉身腐朽时，诗人特意使用了 clay 这个词，这个词恰恰也可以表示早期书写技艺中十分重要的黏土板，从而在"书写"和"死亡"之间建立了新的联系。他敦促俊友，也就是一位届时还活着的阅读者，在读到一位亡人的书写时，连他的名字都不要念出来，而是"最好你的爱也跟我生命同毁"。如此决绝的表述背后的原因，在第二节四行诗中已经被诗人点明了：是因为不忍心自己死后令爱人伤心。但是在最后的对句中，诗人却给出了一个更令人不安的新理由：请别为"我"悲伤，"怕聪明世界会看穿你的悲恸，/ 在我去后利用我来把你嘲弄"（Lest the wise world should look into your moan, /And mock you with me after I am gone）。为什么世人要嘲笑一个为亡友伤心的人？"不容于世的恋情"这片此前就笼罩着诸多商籁的阴云再次出现，我们不知道是不是两人社会地位的悬殊、性别的相同或是其他难言之隐，使得诗人始终为两人的关系会给对方带去的坏名声操心。但假如仅仅一些"嘲笑"（mock）就足以成为俊友彻底遗忘已经死去的诗人的理由，关于这段恋情到底在何等程度上不对等，我们或许会得出更确凿的结论。

假如"不能忍受嘲笑"是诗人对自己死后的俊友的预期，那么通篇原先看似出于绝对无私的爱的、祈求遗忘而不是铭记的、低到尘埃里的姿态就增添了一种新的苦涩：不是"我"想要请求被遗忘，而是"我"或许最好这么做，因为"你忘记我"这件事，很可能不以"我"的意志为转移，本来就一定会在"我"死后不久发生。这种潜在的以"不对等的爱情中的无奈"为基调的苦涩将在商籁第 72 首中得到更全面的展现。

啊，恐怕世人会向你盘问：
我到底好在哪儿，能够使你在
我死后还爱我——把我忘了吧，爱人，
因为你不能发现我值得你爱；

除非你能够造出善意的谎言，
把我吹嘘得比我本人强几倍，
给你的亡友加上过多的颂赞，
超出了吝啬的真实允许的范围；

啊，怕世人又要说你没有真爱，
理由是你把我瞎捧证明你虚伪，
但愿我姓名跟我的身体同埋，
教它别再活下去使你我羞愧。

　　因为我带来的东西使我羞惭，
　　你爱了不值得爱的，也得红脸。

O! lest the world should task you to recite

What merit lived in me, that you should love

After my death, —dear love, forget me quite,

For you in me can nothing worthy prove;

Unless you would devise some virtuous lie,

To do more for me than mine own desert,

And hang more praise upon deceased I

Than niggard truth would willingly impart:

O! lest your true love may seem false in this

That you for love speak well of me untrue,

My name be buried where my body is,

And live no more to shame nor me nor you.

    For I am shamed by that which I bring forth,

    And so should you, to love things nothing worth.

商籁第 72 首是自第 71 首开始的四首关于死亡的内嵌组诗中的第二首。本诗基本延续了第 71 首中诗人祈求死后被爱人遗忘的主题，但给出的理由不同，这首诗的论证重点在于必须保存俊友的真，必须避免令他陷入说谎的义务，结论则与上一首相同："忘记我。"

在大部分赞美俊友的十四行诗中，诗人都将俊友描绘为理念的"美"的化身，在其中的一部分里，诗人还给俊友加上了另一顶冠冕，使他成为理念的"真"的化身。虽然诗系列中不乏质疑俊友品行的诗篇，尤其在涉及俊友对自己的情感忠诚一事上，但我们应该看到，俊友从来没有被塑造为"真"的反面，相反，却在更多诗篇中被直白地与抽象的"真"等同。比如在商籁第 54 首（《"真玫瑰与犬蔷薇"博物诗》）中，俊友是兼具美与真、因为"真"而显得更"美"的、令犬蔷薇成为冒牌货的真玫瑰（ll.1–2, 13–14）；在商籁第 67 首（《"玫瑰的影子"博物诗》）中，俊友则是玫瑰唯一的实体，也是唯一的"真玫瑰"，而世上东施效颦之人都不过是从他身上窃取美的"玫瑰的影子"（ll.7–8）；在商籁第 68 首（《地图与假发博物诗》）中，俊美青年是天然去雕饰的，属于逝去的黄金时代的"真之美"的化身，"古代的神圣时辰在他身上重现，/ 恰是本真的它，没有任何装帧"（ll.9–10）。而保持俊友与"真"这种理想品质之间的绑定，将俊友与"真"的反面隔离开来，就是商籁第 72 首这"事关死后"（postmortem）的情诗的核心论证，也是诗人要求爱人"彻底忘了我"（forget me quite）的主要原因，这一重原因是第 71 首中不曾出现过的——第 71 首的"遗忘"请求诉诸诗人对俊友的爱（因此不愿俊友为已经死去的自己伤心），以及对俊友可能受到的嘲讽的忧虑：

O! lest the world should task you to recite

What merit lived in me, that you should love

After my death, –dear love, forget me quite,

For you in me can nothing worthy prove

呵，恐怕世人会向你盘问：

我到底好在哪儿，能够使你在

我死后还爱我——把我忘了吧，爱人，

因为你不能发现我值得你爱

第一节中，诗人说自己死后"恐怕"（lest）世人要问起"你"到底爱"我"什么，"我"到底有过什么优点——关于"我"的部分已经切换为过去式，因为此诗谈论的是从某个将来时刻回看时已经死去的"我"——"恐怕"这问题会让"你"为难，因为"我"身上的确乏善可陈。所以诗人敦促俊友"忘了我"，好免除自己的窘境。这窘境在下一节中进一步被潜在的说谎的必要性复杂化了，"除非你能够造出善意的谎言，／把我吹嘘得比我本人强几倍"（Unless you would devise some virtuous lie, /To do more for me than mine own desert）。也就是说，"你"若要在"我"死后向世人证明"我"配得上"你"的爱，就不得不说谎，不得不违背"真"，因为关于"我"的真实品质，"真相是吝啬的"（niggard truth），"我"并没有多少值得赞扬的地方，而"你"却要被迫在"我"死去后为我粉饰。诗人说，别这样做，因为"你"对"我"的爱本来是"真的"，并不有损"你"作为"真"之化身的地位，如果出于这份爱而为"我"撒谎，替"我"增添"我"不具备的优点，那反而让真爱变得虚假了：

O! lest your true love may seem false in this
That you for love speak well of me untrue,
My name be buried where my body is,
And live no more to shame nor me nor you.
啊，怕世人又要说你没有真爱，
理由是你把我瞎捧证明你虚伪，
但愿我姓名跟我的身体同埋，
教它别再活下去使你我羞愧。

为了避免未来出现这种"真"动机导致"假"结果的情形，为了自始至终不让俊友背离"真"，诗人在第11—12句中重申和详述了第3行中就已出现过的核心祈使句，这也是之前第71首的核心诉求：彻底忘记"我"。"让我的名字和我的身体一起埋葬"，而不是继续留存，给"你"也给"我"自己带去耻辱。会潜在给"你"带去耻辱的是谎言，但我们并不清楚诗人笔下给自己带去的耻辱的性质。第12句的三重否定句式（no more … nor me nor you）具有麻醉剂一般的声音效果，但其核心词"耻辱"的所指要到对句中才会变得清晰一点：

For I am shamed by that which I bring forth,

And so should you, to love things nothing worth.

因为我带来的东西使我羞惭，

你爱了不值得爱的，也得红脸。

诗人说，"我"的耻辱是由"我所生成之物"（which I bring forth）造成的，狭义来看，这里指的自然是眼下"我"写的这些十四行诗。诗人用他那些消极型元诗中常见的自谦，说这些作品都没什么价值，它们低劣的品质会让"我"自己以及试图为"我"正名的"你"蒙羞。另一层潜藏的原因，则是"我"的这些商籁中那些对"你"倾诉衷肠的情诗——包括眼下这一首——尤其会令"你"蒙羞，出于地位、性别等一系列此前的商籁中反复暗示过的原因。"我"写下的这些诗既然令"我"自己蒙羞，要是"你"去爱这些一无是处的作品——并且还让世人看到这一点——"你"就注定会同样蒙羞。既然为"我"说谎会令"你"遭受耻辱（前12行的内容），"爱"我的诗也会给"你"带去耻辱（对句的内容），为了避免这双重的羞耻，诗人再次说出这终极"反自然"的悲伤的情话：爱人，在我死后请把"我"彻底忘记。

14 世纪中古高地德语情歌集《马内赛抄本》
（*Codex Manesse*），14 世纪德国

带钟楼的教堂，15世纪英国手稿

你从我身上能看到这个时令：
黄叶落光了，或者还剩下几片
没脱离那乱打冷颤的一簇簇枝梗——
不再有好鸟歌唱的荒凉唱诗坛。

你从我身上能看到这样的黄昏：
落日的回光沉入了西方的天际，
死神的化身——黑夜，慢慢地临近，
挤走夕辉，把一切封进了安息。

你从我身上能看到这种火焰：
它躺在自己青春的余烬上缭绕，
像躺在临终的床上，一息奄奄，
跟供它养料的燃料一同毁灭掉。

　　看出了这个，你的爱会更加坚贞，
　　好好地爱着你快要失去的爱人！

That time of year thou mayst in me behold

When yellow leaves, or none, or few, do hang

Upon those boughs which shake against the cold,

Bare ruin'd choirs, where late the sweet birds sang.

In me thou see'st the twilight of such day

As after sunset fadeth in the west;

Which by and by black night doth take away,

Death's second self, that seals up all in rest.

In me thou see'st the glowing of such fire,

That on the ashes of his youth doth lie,

As the death-bed, whereon it must expire,

Consum'd with that which it was nourish'd by.

    This thou perceiv'st, which makes thy love more strong,

    To love that well, which thou must leave ere long.

商籁第 73 首是诗系列中最著名的篇章之一。虽然都属于诗人沉思自己"身后事"的内嵌组诗，本诗的主题却和第71、72 首截然不同。第 71、72 首互为双联诗，诗人在其中劝说俊友在他死后连他的名字都不要提起，核心论证是对"遗忘"的规劝；而第 73、74 首同样互为双联诗，核心论证却是对永生和"铭记"的预言。

本诗前 12 行的结构非常清晰，表面上，诗人在三节四行诗中都从俊友"你"的视角出发，观看"我"的形象（thou mayst in me behold；in me thou see'st；in me thou see's）。我们细读后却不难发现，诗人以三种不同的时间维度作为标尺刻画的，始终是自己的形象，被观看者和观看者始终都是诗人自身。想象中的爱人的目光，不过帮助此刻独自一人的诗人完成一幅镜中的肖像。第一节四行诗中，作为丈量时间的标尺的是"一年"，诗人自比为一年四季中的秋天：

That time of year thou mayst in me behold

When yellow leaves, or none, or few, do hang

Upon those boughs which shake against the cold,

Bare ruin'd choirs, where late the sweet birds sang.

你从我身上能看到这个时令：

黄叶落光了，或者还剩下几片

没脱离那乱打冷颤的一簇簇枝梗——

不再有好鸟歌唱的荒凉唱诗坛。

　　我们会注意到第3—4行中用时态体现出来的现在和过去的对比：早先是鸟儿歌唱的地方，现在是化作废墟的歌坛。歌坛（choir）一词原指教堂中安置唱诗班的地方，在1609年四开本中拼作quire，当时它还有quyre、quiere等多种拼法，直到17世纪末才逐渐统一为今天的拼法choir。废墟歌坛这一本身就蕴含着今昔对比意思的意象，加上前两行里风中瑟缩的黄叶，使诗人的第一幅自画像"秋天"充满了肃杀和衰败气息。秋天这一季节在莎士比亚作品中通常是一个收获、饱满、万物成熟的季节，比如在《仲夏夜之梦》第二幕第一场中：

The childing autumn, angry winter, change

Their wonted liveries, and the mazed world,

By their increase, now knows not which is which.

（ll.116–18）

丰收的秋季、暴怒的冬季，都改换了

他们素来的装束，惊愕的世界不能再

凭着他们的出产辨别出谁是谁来。

（朱生豪　译）

又比如在商籁第 97 首(《四季情诗》)中:

The teeming autumn, big with rich increase,

Bearing the wanton burden of the prime,

Like widow'd wombs after their lords'decease(ll.6–8)

多产的秋天呢,因受益丰富而充实,

像死了丈夫的寡妇,大腹便便,

孕育着春天留下的丰沛的种子

而商籁第 73 首强调的却是秋季盛极而衰、作为死亡之先驱的暗面。第二节四行诗中诗人顺着这个修辞逻辑,选取更短的"一日"作为时间标尺,将自己比作一日中的薄暮时分:

In me thou see'st the twilight of such day

As after sunset fadeth in the west;

Which by and by black night doth take away,

Death's second self, that seals up all in rest.

你从我身上能看到这样的黄昏:

落日的回光沉入了西方的天际,

死神的化身——黑夜,慢慢地临近,

挤走夕辉,把一切封进了安息。

日薄西山之后的残余的暮光，这个白昼即将转为黑夜的时辰，是诗人借爱人的眼睛为自己画下的第二幅肖像。诗人似乎越来越确切地感知到衰老和迫近的死亡，将第一节中的"在我身上你或许会看见"（thou mayst in me behold）转换成了第二节中的"在我身上你会看见"（In me thou see'st），仿佛"你"所看见的"我"的风烛残年已经不是一种潜在的可能，而是此刻就确凿无疑的事实。在第8行中，"死亡"这个此前隐藏的大敌终于登场，虽然是以它的"第二个自己"（second self）或曰分身的形式——此处，死亡的分身是黑夜，因为黑夜如同死亡（及其象征物棺材或墓穴）一样"将一切封存在安息之中"（seals up all in rest）。到了第三节四行诗中，"死亡"甚至不再以"第二个自己"的形象登场，而是终于亲自上阵：

In me thou see'st the glowing of such fire,

That on the ashes of his youth doth lie,

As the death-bed, whereon it must expire,

Consum'd with that which it was nourish'd by.

你从我身上能看到这种火焰：

它躺在自己青春的余烬上缭绕，

像躺在临终的床上，一息奄奄，

跟供它养料的燃料一同毁灭掉。

第三节中被选作时间标尺的是一个人的一生。诗人自比为人类一生中的垂死时分，确切地说是垂死时分生命余火的燃烧。同样是确凿的"在我身上你会看见"（In me thou see'st），但被看见的对象并不是第一、第二节中那样的具体名词（that time of year; twight），而是一个进行中的动作（glowing of such fire）。这使得第三节成了全诗的转折段，虽然是一次弱转折，却辅助完成了前两节的挽歌声调向对句中的情诗祈愿的过渡。虽然青春已成灰烬，如同死亡的象征"灵床"（death-bed）般毫无生机地躺着，但这灰烬上头还有微弱的生命之火在燃烧，在闪烁着微光，诗人想要"你"看见的，也是他为自己画的第三幅自画像：这竭尽全力的"闪光"本身（In me thou see'st the glowing of such fire）。虽然这最后的生命火苗也注定要熄灭，但吞噬它的却是曾经滋养过它的事物（Consum'd with that which it was nourish'd by），从上下文可知这事物正是诗人心中的"爱"：

This thou perceiv'st, which makes thy love more strong,

To love that well, which thou must leave ere long.

看出了这个，你的爱会更加坚贞，

好好地爱着你快要失去的爱人！

当"你"看到了以上三幅自画像，也就看明白了"我"的一生，那是在对"你"的爱中度过的、有"滋养"的欢喜也有"吞噬"的悲凉的一生。诗人在最后的对句中发出了情诗式的祈愿：既然"我"的一生是在爱"你"中走完的，而"你"将亲眼目睹它的"秋日""黄昏"和"垂死时分"，那么请怜恤"我"，让自己对"我"的爱也更坚定，因为不久后"我"的青春和生命都将隐入黑暗，在灵床上永久熄灭。

1599 年未经莎士比亚批准而挂他的名字出版的诗集《激情的朝圣者》中的第 12 首诗与本诗处理的主题相似，有心的读者不妨对照阅读：

Crabbed age and youth cannot live together:

Youth is full of pleasaunce, age is full of care;

Youth like summer morn, age like winter weather;

Youth like summer brave, age like winter bare.

Youth is full of sport, age's breath is short;

Youth is nimble, age is lame;

Youth is hot and bold, age is weak and cold;

Youth is wild, and age is tame.

Age, I do abhor thee; youth, I do adore thee;

O, my love, my love is young!

Age, I do defy thee: O, sweet shepherd, hie thee,

For methinks thou stay'st too long.

衰老和青春不可能同时并存：

青春充满欢乐，衰老充满悲哀；

青春像夏日清晨，衰老像冬令；

青春生气勃勃，衰老无精打采。

青春欢乐无限，衰老来日无多！

青春矫健，衰老迟钝；

青春冒失、鲁莽，衰老胆怯、柔懦；

青春血热，衰老心冷。衰老，我厌恶你；

青春，我爱慕你。

啊，我的爱，我的爱年纪正轻！

衰老，我仇恨你。

啊，可爱牧人，快去，

我想，你已该起身。

（朱生豪　译）

四季变迁,《贵人祈祷书》, 15 世纪法国手稿

但是，安心吧：尽管那无情的捕快
到时候不准保释，抓了我就走，
我生命还有一部分在诗里存在，
而诗是纪念，将在你身边长留。

你只要重读这些诗，就能够看出
我的真正的部分早向你献呈。
泥土只能得到它应有的泥土；
精神将属于你，我那优秀的部分：

那么，你不过失去我生命的渣滓，
蛆虫所捕获的，我的死了的肉体，
被恶棍一刀就征服的卑怯的身子；
它太低劣了，不值得你记在心里。

　　我身体所值，全在体内的精神，
　　而精神就是这些诗，与你共存。

But be contented: when that fell arrest

Without all bail shall carry me away,

My life hath in this line some interest,

Which for memorial still with thee shall stay.

When thou reviewest this, thou dost review

The very part was consecrate to thee:

The earth can have but earth, which is his due;

My spirit is thine, the better part of me:

So then thou hast but lost the dregs of life,

The prey of worms, my body being dead;

The coward conquest of a wretch's knife,

Too base of thee to be remembered.

The worth of that is that which it contains,

And that is this, and this with thee remains.

商籁第 74 首与第 73 首互为双联诗，核心论证是对永生和"铭记"的预言——通过圣礼（sacraments）的词汇。在"上联"商籁第 73 首的第三节中我们读到诗人对自己生命将逝的预言：

In me thou see'st the glowing of such fire,

That on the ashes of his youth doth lie,

As the death-bed, whereon it must expire

你从我身上能看到这种火焰：

它躺在自己青春的余烬上缭绕，

像躺在临终的床上，一息奄奄

　　作为"下联"的第 74 首开篇，诗人紧接着谈论自己的死亡，却是以劝慰的形式。全诗第一个单词 but 既显示出和上一首商籁之间的密切关系，又是对总体肃穆、哀矜的第 73 首的挽歌风格的一次逆转：

But be contented: when that fell arrest

Without all bail shall carry me away,

My life hath in this line some interest,

Which for memorial still with thee shall stay.

但是，安心吧：尽管那无情的捕快

到时候不准保释，抓了我就走，

我生命还有一部分在诗里存在，

而诗是纪念，将在你身边长留。

死亡被称作一名不容许任何保释（bail）的"无情的拘捕"（fell arrest），fell 在此作形容词，表示"残忍，野蛮，冷酷无情"，而 arrest 则是动词作名词，指执行逮捕命令的官员或捕快（captor）。因此死亡在十四行诗系列中又有了一幅新的面容：一名公事公办、绝不通融的公务员。莎士比亚在《哈姆雷特》第五幕第二场中用过类似的比喻和偏正结构：

Had I but time, as this fell Sergeant, Death,

Is strict in his arrest. (Ham.V.2.328–29)

朱生豪将此句译作"倘不是因为死神的拘捕不给人片刻的停留"，梁实秋则译作"无奈死神这个酷吏拘捕得紧"，都把 arrest 这个词的早期义项"使……停止"与较晚出现的义项"逮捕"同时体现了出来，是双关语翻译的出色例子。

死神虽然无情，商籁第 74 首第一节后半部分说，但"我的生命牵连在这诗行中"（My life hath in this line some interest）。在莎士比亚写作的时代，interest 一词主要表示

share（股份）、property tie（财产关系）、legal title（法定权）等经济学和法学范畴的意义，而"兴趣，关心"等义项要到更晚一些才变得常用。第二节具体解释了诗歌是如何挽留"我"的生命的：是通过一个核心动词"观看"（已在商籁第 73 首中以 behold、see、perceive 等不同形式出现过）；商籁第 74 首使用的动词则是 review，能与死神争锋的是爱人阅读的目光。

When thou reviewest this, thou dost review
The very part was consecrate to thee:
The earth can have but earth, which is his due;
My spirit is thine, the better part of me
你只要重读这些诗，就能够看出
我的真正的部分早向你献呈。
泥土只能得到它应有的泥土；
精神将属于你，我那优秀的部分

本节的核心动词是 consecrate（奉献），在本节中用动词原形代替过去分词，当"你"阅读这些诗，要记得"我更好的那部分"（the better part of me），即"我的属于你的灵魂"（My spirit is thine），包括"我"对"你"的爱——这一切都已经如在一场祝圣仪式中那般"奉献给了你"

（was consecrate to thee）。consecrate 在此的近义词是 devote（奉献）、dedicate（献身），比如在词组 consecrate one's life to God（献身于上帝）中，但从这个词的词源（cum + sacrare）就可以看出其宗教来源，在天主教圣礼中尤其与圣餐礼（Eucharist）和圣餐弥撒（Mass）紧密相关，当牧师为圣餐饼（host）祝圣，说出拉丁文祝圣辞（*hoc est enim corpus meum*），"这实实在在是我的身体"，也就是面包被相信发生了"变体"（transubstantiation）而转化为基督身体的时候。虽然伊丽莎白时期新教弥撒的祝圣辞与此并不相同，但这一节在审查者的眼中依然难逃亵神的嫌疑。好在诗人只是通过诗的语言来暗示：当俊友在诗人死去之后阅读他留下的"这诗行"（this line），或许文字将化作死去诗人的身体，完成一次圣餐礼式的"变体"。"我"将诗歌奉献（consecrate）给"你"，而"你"通过为之祝圣（consecrate），使"我"重生。诗人在第三节中接着说：

So then thou hast but lost the dregs of life,

The prey of worms, my body being dead;

The coward conquest of a wretch's knife,

Too base of thee to be remembered.

那么，你不过失去我生命的渣滓，

蛆虫所捕获的，我的死了的肉体，

722

被恶棍一刀就征服的卑怯的身子；

它太低劣了，不值得你记在心里。

如此你就丢掉了（我的）"生命的渣滓／糟粕"（dregs of life），这只能去喂蛆虫的、执刀的死神的怯弱的战利品（coward conquest of a wretch's knife），也是上节中提到的，尘归尘土归土，肉身必须被交还大地（The earth can have but earth, which is his due）。而诗人最终要求被爱人铭记的，不是生命的外壳（肉体），而是生命所承载的"内容"，即自己的灵魂，在对句中，诗人的灵魂被等同于"这个"，即上文中提到的"这诗行"。在第71—74首这组关于死亡的内嵌组诗末尾，诗人终究还是让元诗与情诗的联姻战胜了"鄙夷尘世"式的消极的挽歌声调，希望也期待爱人通过阅读这些诗来铭记诗人已逝的生命，并且做出预言，只要自己的诗还在被爱人阅读，这就是诗歌与爱情对死亡的战胜：

The worth of that is that which it contains,

And that is this, and this with thee remains.

我身体所值，全在体内的精神，

而精神就是这些诗，与你共存。

莎士比亚最后的传奇剧《暴风雨》第一幕第二场中，精灵爱丽尔向费迪南唱了一首短歌，后者误认为自己的父亲已经葬身大海。这首小曲后来被冠以《海之悼歌》（Sea Dirge）的题目收入 1612 年出版的《配乐杂诗》。与商籁第74 首相似，我们看到死亡并非终点，而是一场奇异的变体（sea-change）的开始，谁能说经历这场"海变"后的死者的身体不及身前荣耀呢？

Full fathom five thy father lies:

Of his bones are coral made;

Those are pearls that were his eyes:

Nothing of him that doth fade

But doth suffer a sea-change

Into something rich and strange.

Sea-nymphs hourly ring his knell:

Hark! now I hear them, —

Ding, dong, bell.

五寻的水深处躺着你的父亲，

他的骨骼已化成珊瑚；

他眼睛是耀眼的明珠；

他消失的全身没有一处不曾

受到海水神奇的变幻，

化成瑰宝，富丽而珍怪。

海的女神时时摇起她的丧钟，

叮！咚！

听！我现在听到了叮咚的丧钟。

（朱生豪　译）

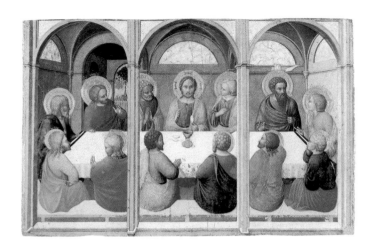

《圣餐的设立》，斯特法诺·迪·乔万尼（Stefano di Giovanni），15 世纪意大利

我的思想需要你，像生命盼食物，

或者像大地渴望及时的甘霖；

为了你给我的安慰，我斗争，痛苦，

好像守财奴对他的财物不放心：

有时候是个享受者，挺骄傲，立刻——

又害怕老年把他的财物偷去；

刚觉得跟你单独地相处最快乐，

马上又希望世界能看见我欢愉：

有时候我大嚼一顿，把你看个够，

不久又想看，因为我饿得厉害；

任何欢乐我都不追求或占有，

除了从你那儿得到的欢乐以外。

　　我就这样子一天挨饿一天饱，

　　不是没吃的，就是满桌的佳肴。

So are you to my thoughts as food to life,
Or as sweet-season'd showers are to the ground;
And for the peace of you I hold such strife
As 'twixt a miser and his wealth is found.

Now proud as an enjoyer, and anon
Doubting the filching age will steal his treasure;
Now counting best to be with you alone,
Then better'd that the world may see my pleasure:

Sometime all full with feasting on your sight,
And by and by clean starved for a look;
Possessing or pursuing no delight,
Save what is had, or must from you be took.

Thus do I pine and surfeit day by day,
Or gluttoning on all, or all away.

在四首沉重的"死亡内嵌诗"之后，商籁第 75 首又回到了纯粹情诗的领域。诗人将自己的痴迷比作七宗罪之一的饕餮（gluttony），开篇就直抒胸臆地坦白恋人之于他就如食物之于生命，或者甘霖之于大地一般必需：

So are you to my thoughts as food to life,

Or as sweet-season'd showers are to the ground;

And for the peace of you I hold such strife

As 'twixt a miser and his wealth is found.

我的思想需要你，像生命盼食物，

或者像大地渴望及时的甘霖；

为了你给我的安慰，我斗争，痛苦，

好像守财奴对他的财物不放心

莎士比亚熟读乔叟的作品，第二行可以说是对《坎特伯雷故事集》之《序诗》（*The General Prologue*）开头前四行的遥远致敬：

Whan that Aprill with his shoures soote

The droghte of March hath perced to the roote,

And bathed every veyne in swich licour

Of which vertu engendred is the flour

当四月以它甜蜜的骤雨

将三月的旱燥润湿入骨,

用汁液洗濯每一株草茎

凭这股力量把花朵催生

（包慧怡 译）

而在第一节后半部分中，诗人点出了自己在热恋中的内心悖论：只有"你"能给我带来"和平"（peace），但为了获得这份和平或安宁，"我"却不得不时刻处于内心的"纷争"（strife）中。这种纷争最好地体现在守财奴对他的财富的态度上，也就是第二节中具体展开的那种心理：自己一会儿因为享有这财富而洋洋自得，一会儿又担心财富被人偷走而疑神疑鬼；此刻觉得和珍宝（此诗语境中即"你"）单独在一起最好，下一刻又想向全世界炫耀自己的快乐：

Now proud as an enjoyer, and anon

Doubting the filching age will steal his treasure;

Now counting best to be with you alone,

Then better'd that the world may see my pleasure

有时候是个享受者，挺骄傲，立刻——

又害怕老年把他的财物偷去；

刚觉得跟你单独地相处最快乐，

马上又希望世界能看见我欢愉

以上都是非常生动的热恋心情的写照。在第三节中，诗人点出了自己的迷恋中一种新的令人不安的元素："我"此刻拥有"你"，爱着"你"，这都无法让"我"满足；想见"你"的欲望是实时更新的，得到的越多想要的就越多。这就使"我"犹如一个贪得无厌的老饕。在今人看来，"饕餮"（*gula*）作为七宗罪之一，不是特别严重的罪过，然而在古代晚期和中世纪，尤其在经典七宗罪的名单刚逐渐固定不久的公元4—5世纪，在许多教父作家的清单里，"饕餮"（而不是后世所认为的"骄傲"）都是名列七罪之首的罪行，被认为是触发其余罪过、引起蝴蝶效应的"始祖之罪"。乔叟在《坎特伯雷故事集》之《赦罪僧的故事》（*The Pardoner's Tale*）中说得再直白不过了，赦罪僧故事中的叙事者将饕餮称作"充满诅咒""我们所有毁灭的第一原因""我们最终永罚的原始因"，还强调说亚当和夏娃就是"为了这一宗罪"被逐出伊甸园，不得不在劳作和痛苦中度过余生：

O glotonye, ful of cursednesse!

O cause first of oure confusioun!

O original of oure dampnacioun,

…

Corrupt was al this world for glotonye.

Adam oure fader, and his wyf also,

Fro Paradys to labour and to wo

Were dryven for that vice … (ll. 498–507)

哦饕餮，你这充满诅咒的！

哦我们所有毁灭的第一因！

哦我们最终永罚的原始因！

……

整个世界都是被饕餮腐化的。

我们的父亲亚当，还有他的妻，

被赶出天堂，苦苦劳动又悲泣

都是因为那宗恶习……

（包慧怡 译）

然而在莎士比亚这里，饕餮这种罪行却可以被转换为爱情和迷恋的语汇。十四行诗系列中最显著的一例出现在商籁第 56 首（《飨宴情诗》）的第二节中，其中诗人甚至请求爱神保持饥饿，好日复一日不断从爱人的形象中得到满足：

So, love, be thou, although to-day thou fill

Thy hungry eyes, even till they wink with fulness,

To-morrow see again, and do not kill

The spirit of love, with a perpetual dulness (ll. 5–8)

爱，你也得如此，虽然你今天教

饿眼看饱了，看到两眼都闭下，

可是你明天还得看，千万不要

麻木不仁，把爱的精神扼杀。

类似地，在商籁第 47 首(《"眼与心之战"玄学诗·下》)中，爱欲的语言同样与食欲的语言相通：当爱人不在身边时，诗人的眼睛会因为"看不到"而闹饥荒；而看不见爱人真实形象的诗人的眼睛，决定用爱人的肖像来设宴，并邀请同样相思成疾的心一同赴宴，大快朵颐。

When that mine eye is famish'd for a look,

Or heart in love with sighs himself doth smother,

一旦眼睛因不见你而饿得不行，

或者心为爱你而在悲叹中窒息，

With my love's picture then my eye doth feast,

And to the painted banquet bids my heart (ll.3-6)

我眼睛就马上大嚼你的肖像，

并邀请心来分享这彩画的饮宴

　　甚至在《安东尼与克莉奥帕特拉》第二幕第二场中也有一段无韵诗，莎士比亚借爱诺巴勃斯（Enopabus）之口说，埃及艳后的特殊魅力之一在于她永远能使爱慕她的人饥饿，使包括安东尼在内的男人们的情欲永不餍足：

No, he would never forsake her;

Age cannot wither her, nor customstale.

Her infinite variety: other women cloy

The appetites they feed: but she makes hungry.

Wheremost she satisfies …

　　　　不，他决不会丢弃她，年龄不能使她衰老，习惯也腐蚀不了她的变化无穷的伎俩；别的女人使人日久生厌，她却越是给人满足，越是使人饥渴……

　　商籁第75首强调的不仅是"我"对"你的形象"的无法饱足的渴求（此处的重点再次落在"看"这个动词上，审美因素在诗人对俊友的爱中至关重要），也将眼睛和舌头的官能在情诗的修辞中统合（feasting on your sight; starved for a look）。更重要的是，诗人还强调了自己的专一：除了从"你"这里得到的快乐，"我"已无法再占有或追求任何别的快乐。

> Sometime all full with feasting on your sight,
>
> And by and by clean starved for a look;
>
> Possessing or pursuing no delight,
>
> Save what is had, or must from you be took.
>
> 有时候我大嚼一顿，把你看个够，
>
> 不久又想看，因为我饿得厉害；
>
> 任何欢乐我都不追求或占有，
>
> 除了从你那儿得到的欢乐以外。

诗人直到最后的对句中才对饕餮（gluttoning）这种表面的感官之罪直呼其名，并彻底完成了肉体与精神两套词汇的整合：爱情让人饥饿难耐，也让人暴饮暴食；令人一时狼吞虎咽，一时又腹内空空。在这种对自身情欲的不健康但却还称不上病态的描述中，我们已经可以依稀看到此后更激烈也更晦暗的情欲之诗（比如商籁第129首《色欲反情诗》）中那种与情欲的无法满足紧紧相连的、西西弗推巨石式的徒劳悲剧。

Thus do I pine and surfeit day by day,

Or gluttoning on all, or all away.

我就这样子一天挨饿一天饱，

不是没吃的，就是满桌的佳肴。

"饕餮",《七宗罪与万民四末》, 博施
(Hieronymus Bosch), 约 1480 年

为什么我诗中缺乏新的华丽？
没有转调，也没有急骤的变化？
为什么我不学时髦，三心两意，
去追求新奇的修辞，复合的章法？

为什么我老写同样的题目，写不累，
又用著名的旧体裁来创制新篇——
差不多每个字都能说出我是谁，
说出它们的出身和出发的地点？

亲爱的，你得知道我永远在写你，
我的主题是你和爱，永远不变；
我要施展绝技从旧词出新意，
把已经抒发的心意再抒发几遍：

　　既然太阳每天有新旧的交替，
　　我的爱也就永远把旧话重提。

Why is my verse so barren of new pride,

So far from variation or quick change?

Why with the time do I not glance aside

To new-found methods, and to compounds strange?

Why write I still all one, ever the same,

And keep invention in a noted weed,

That every word doth almost tell my name,

Showing their birth, and where they did proceed?

O! know sweet love I always write of you,

And you and love are still my argument;

So all my best is dressing old words new,

Spending again what is already spent:

    For as the sun is daily new and old,

    So is my love still telling what is told.

从商籁第 76 首开始，诗系列中出现了一位新的"剧中人"（*dramatis personae*），我们称之为"对手诗人"（rival poet）。其实对手诗人的存在已经在之前的个别元诗中被暗示过，但学界一般把第 76 首开始，或者第 78 首开始，直到第 86 首（除第 81 首外）的十多首商籁称作"对手诗人序列诗"（rival poet sequence）。之所以有两种看法，是因为第 77 首是独立于该序列之外的，和第 81 首一样，都单独处理死亡主题，这两个数字也被当时的英国人认为是人生命中极为危险的两年。我认为"对手诗人序列诗"应该从第 76 首开始，因为这首诗的基调与该序列中的其他商籁保持了一致。

既然商籁第 76 首正式拉开了"对手诗人序列诗"的幕布，我们就先来综述一下关于这位神秘对手诗人的各种理论，尤其是那些持"历史人物观"的看法，即认为对手诗人与俊美青年和黑夫人一样，都是莎翁生活中有史可靠的重要人物。和俊友与黑夫人一样，四百年来，莎学界也给对手诗人开出了一张长长的候选人名单，其中呼声最高的包括这几位：诗人翻译家乔治·查普曼（George Chapman, 1559—1634），剧作家克里斯托弗·马洛（Christopher Marlowe, 1564—1593），诗人历史学家塞缪尔·丹尼尔（Samuel Daniel, 1562—1619），诗人迈克尔·德雷顿（Michael Drayton, 1563—1631），诗人巴纳比·巴恩斯

（Barnabe Barnes, 1571—1609），诗人杂文家杰瓦斯·马肯（Gervase Markham, 1568—1637）、理查德·巴恩菲尔德（Richard Barnfield, 1574—1620）等。

20世纪以来，以罗尔夫为代表的多数莎学者们认为查普曼是最有可能的候选人。[1]我们必须承认，查普曼作为诗人和荷马的翻译者，确是莎士比亚写作时代最杰出的诗人之一。莎士比亚很可能读过他的诗作或译作，尤其是他译的《伊利亚特》，这一点比较明显地体现在莎剧《特洛伊罗斯和克丽希达》中。查普曼自己写过《奥维德的感官之宴》（*Ovid's Banquet of Sense*）这首玄学诗，它看起来就像是对莎士比亚的长诗《维纳斯与阿多尼斯》（同样基于奥维德《变形记》）的回应，仿佛要修正后者将奥维德情欲化甚至色情化的写法，而试图注入更多道德教化。查普曼的赞助人也是莎士比亚活动圈子里的人，查普曼又以博学和精通古典语言著称，这对在诗歌领域算是新手的莎士比亚可能构成了潜在的心理威胁。

马洛紧随其后，是第二大热门的"对手诗人"候选人。但由于马洛生前主要因其戏剧扬名，而莎士比亚在诗系列中描述的"对手"是一位声名赫赫、足以作为诗人的莎士比亚构成威胁的职业诗人，所以"马洛说"不能不因此大打折扣。不过，莎士比亚和马洛的职业生涯显然一直保持着密切互动，一种主要是良性的竞争关系。就如贝特在《莎士比

1 W. J. Rolfe, "Who was the Rival Poet", p.5.

亚的天才》中所言："莎士比亚和马洛两人间的互通有无一直持续到后者去世。"[1] 莎士比亚作为剧作家声名鹊起之初，马洛已是伦敦最负盛名的天才剧作家，这种同行竞争的压力也促使莎士比亚在努力超越对手的同时不断超越自身，在这一意义上，说马洛是"对手诗人"也不是空穴来风。

另一种被广为接受的关于对手诗人身份的理论是"多人说"（Multiple Poets），即认为令莎士比亚感到在诗歌事业上受到了威胁的不是单个诗人，而是一群诗人。这一点可以在第76、78、82首等商籁对复数代词或动词的运用中得到佐证，却与第79、80、86首等商籁中明显对单一对手的指称不相符。所以我们依然需要将对手诗人序列诗当作一组作品来看，其中对具体人物的影射（如果这真是莎氏的用意）或许在不同的单首作品中亦有不同的侧重。

作为这一序列的"开幕诗"，商籁第76首本身比较简单。前置的八行诗是诗人对一个缺席的质疑者——文德勒认为那就是俊美青年本人 [2]——作出的自我申辩（*apologia*）。该质疑主要针对为何诗人不写点新的主题，操练一些新的技巧，学学其他（对手诗人的）新的组词方法，来使得自己的诗歌作品更多变：

Why is my verse so barren of new pride,
So far from variation or quick change?

1 Jonathan Bate, *The Genius of Shakespeare*, p. 107.
2 Helen Vendler, *The Art of Shakespeare's Sonnets*, pp. 344–45.

Why with the time do I not glance aside

To new-found methods, and to compounds strange?

为什么我诗中缺乏新的华丽？

没有转调，也没有急骤的变化？

为什么我不学时髦，三心两意，

去追求新奇的修辞，复合的章法？

第一节质疑的侧重点是为什么"我"不学新技巧，第二节质疑的侧重点则是为什么"我"在主题上如此守旧，到了这些诗叫旁人一看就是出自"我"笔下的地步：

Why write I still all one, ever the same,

And keep invention in a noted weed,

That every word doth almost tell my name,

Showing their birth, and where they did proceed?

为什么我老写同样的题目，写不累，

又用著名的旧体裁来创制新篇——

差不多每个字都能说出我是谁，

说出它们的出身和出发的地点？

这就自然地过渡到了第三节的申辩段："我"守旧不变，是因为"你"是"我"唯一想写和能写的主题。诗人声称

"爱人和爱情"是自己永远的命题，在这一命题下，自己永远不会厌倦于"给旧词披上新衣"，或"把已经消耗过的再消耗一遍"，第 12 行中的 spending 和 spent 是一个比较明显的情色双关：

O! know sweet love I always write of you,

And you and love are still my argument;

So all my best is dressing old words new,

Spending again what is already spent

亲爱的，你得知道我永远在写你，

我的主题是你和爱，永远不变；

我要施展绝技从旧词出新意，

把已经抒发的心意再抒发几遍

对句中，诗人再度举出他最偏爱的比喻之一——"太阳"（最早在商籁第 7 首中就已成为核心奇喻），说正如天空中每日照耀的是同一个太阳，但每天破晓升起的太阳又是全新的，人们也不会因此就厌倦阳光。同理，"我"也不会厌倦再次、反复诉说已经被诉说过的"我"唯一的主题，理由是："既然太阳每天有新旧的交替，／我的爱也就永远把旧话重提。"（For as the sun is daily new and old, ／So is my love still telling what is told.）

对手诗人候选人之一克里斯托弗·马洛的肖像，
1585 年